KB028327

나는 겨우

자식이 되어간다

나 는 겨 우
자 식 이 되 어 간 다

1판 1쇄 발행   2019년 10월 17일
1판 5쇄 발행   2021년 10월 25일

지은이   임희정
발행처   (주)수오서재
발행인   황은희, 장건태
책임편집   황은희
편집   최민화, 마선영, 박세연
마케팅   장건태, 이종문, 황혜란, 안혜인
디자인   권미리
제작   제이오
주소   경기도 파주시 돌곶이길 170-2 (10883)
등록   2018년 10월 4일(제406-2018-000114호)
전화   031)955-9790
팩스   031)946-9796
전자우편   info@suobooks.com
홈페이지   www.suobooks.com
ISBN   979-11-90382-01-4 03810 책값은 뒤표지에 있습니다.

이 도서의 국립중앙도서관 출판시도서목록(CIP)은 서지정보유통지원시스템
홈페이지(http://seoji.nl.go.kr)와 국가자료공동목록시스템(http://www.nl.go.kr/kolisnet)에서
이용하실 수 있습니다.(CIP제어번호: CIP2019038845)

임희정
에세이

나는 겨우

자식이 되어간다

평범하지만 특별한,
작지만 위대한,
나의 아버지와 어머니에 대해

수오서재

차 례

1장   아빠 이야기

그들의 삶을 쓰며 나는 겨우 자식이 되어갑니다.

내 생의 이야기가 되어준 아비와 어미

자식의 인생을 자신의 희생으로 채워준 아빠와 엄마

무엇보다 나를 사랑해준 아버지와 어머니

그 삶을 존경합니다.

책 안의 모든 활자를 나의 부모님께 바칩니다.

각자가 가진 삶의 배경 속 가난과 사랑의 비율이 다 달라서 쓸 때마다 조심스러웠습니다. 온전한 저의 이야기가 아닌 부모에 대한 생각을 쓴 글이라 더 망설였습니다. 그럼에도 불구하고 제가 가장 많이 그리고 깊게 사유한 것들이라 계속 써졌습니다. 저는 삼십 년을 넘게 부모를 골몰해 겨우 이 한 권의 책을 썼습니다. 글 앞에서 많은 다짐이 필요했습니다. 내가 표현하는 감정이 무엇인지, 묘사하는 부모의 생각이 어땠을지, 경험을 바탕으로 했지만 대부분 짐작이고 예측이기에 미적거리는 날들도 많았습니다. 저는 아직 부모만큼의 생을 살아내지 못해서 그들의 이야기를 쓰는 일은 부족할 수밖에 없습니다.

부모님의 이야기를 쓰며 수많은 가족에 대해, 각자의 사정에 대해, 모두의 이야기에 대해 자주 생각합니다. 누군가는 가족을 생각하면 눈물부터 나고, 또 누군가는 화가 나고, 누군가는 생각조차 하지 못할 수 있기에. 가족뿐만이 아니라 자라온 배경, 삶의 과정, 생각의 결이 다 다를 수밖에 없는 우리이기에 말과 글이 어려웠습니다. 저의 생각이 맞지 않을 수 있고, 표현이 경솔했을 수도 있고, 부모를 생각하는 관점 또한 일방적일 수 있고, 사려 깊어야 하는 순간순간들에 얕기도 했을 것입니다.

제가 쓰는 부와 모의 이야기는 특별할 것 없어 특별한 이야기입니다. 대단할 것 없어 대단한 이야기고, 지난하고 무던한 사담입니다. 그 사사로운 나의 부모 이야기가 우리의 이야기이고 모두의 이야기인 걸 알아 쓰고 또 씁니다. 읽고 또 읽고 퇴고하고 편집하며 다듬고 또 다듬습니다. 그렇게 쓰고 나면 나의 어머니와 아버지는 정말 위대한 일상을 살아왔구나 느껴집니다. 어떤 것이든 매일의 노동을 수십 년간 반복한다는 것은 기적 같은 일입니다. 부모의 삶이 흔적이 되어 모두에게 읽히면 다들 고개를 끄덕여줄 것이라 믿습니다.

누구나의 이야기지만 누구나 쉽게 쓸 수 없는 이야기. 자식일지라도 더듬거릴 수밖에 없는 이야기. 하지만 노동자의 삶과 부모의 생을 그냥 흘려보내고 싶지 않았습니다. 기억해 깨닫고 싶었습니다. 가슴에 응어리져 있어 풀어내려고 쓰기 시작했던 글은 사명감도 의무감도 생겼고, 무엇보다 내 부모의 삶 그리고 마음을 조금이나마 이해할 수 있게 됐습니다. 사담은 담론이 될 수도 있기에, 글은 영원히 자취가 남을 것이기에, 누군가는 읽고 누군가는 기억할 것이기에. 글 앞에서 계속 애써야 한다는 것을 잘 알고 있습니다.

제 지난 생에 결핍과 가난이 많은 줄 알았는데 마음과 사랑이 넘치는 것이었습니다. 모두 부모님 덕분이었습니다. 누군가를 맹목적으로 사랑하는 일은 얼마나 기적 같은 일인지 쓰며 매번 감탄했습니다. 노동자의 삶도, 부모의 일생도, 자식의 마음도, 잘 한번 기억해보고 싶었습니다. 그런 다짐으로 이 책을 썼습니다. 함께 감응해주시는 모든 독자들이 저에게는 앞으로도 계속 쓸 용기로 다가옵니다. 누군가가 이 한 페이지를 읽어줄 때마다 한 웅큼의 용기가 저에게 생깁니다. 그 힘으로 앞으로도 써볼 수 있을 것입니다. 고맙습니다.

2019년 10월

임희정 드림

나는

막노동하는 아버지를 둔

아나운서 딸입니다

자라오며 누구에게도 자세히 말하지 못했던, 말하고 싶지 않기도 했고, 말할 수 없기도 했던 부모님의 이야기를, 나의 이야기를 하고자 한다.

1948년생 아빠는 집안 형편 때문에 그때 당시의 국민학교도 채 다니지 못했다. 몸으로 하는 노동을 일찍이 어렸을 때부터 해왔다. 밭일, 동네 소일거리, 그러다 몸이 커지고 어른이 되자 노동으로 가장 많은 일당을 쳐주었던 건설현장에서의 막노동을 시작했다. 그 일은 50년 넘게 이어지고 있다.

1952년생 엄마는 국민학교를 겨우 졸업했다. 8남매의 장녀였고 아래로 동생들이 줄줄이 태어났다. 자연스럽게 십 대의 나이에 자식 대신 동생들을 돌보는 엄마 역할을 해야 했고, 집안일과 가족들 뒷바라지를 해왔다. 삼시 세끼 밥을 짓고 청소와 빨래를 하는 가사노동. 그 일도 50년 넘게 이어지고 있다.

1984년생 딸인 나는 대학원 공부까지 했다. 10년 차 아나운서이고 방송도 하고 글도 쓰고 강의도 하고 아나운서 준비생들을 가르치기도 한다. 사내 아나운서로 시작해 여러 회사를 거쳐 지역 MBC에서 아나운서로 근무했다. 지금은 프리랜서 아나운서로 활동하며 내 능력치만큼의 일도 하고 돈도 벌며 잘 살고 있다.

아나운서라는 직업을 갖게 된 후 사람들은 내 직업 하나만을 보고 당연히 번듯한 집안에서 잘 자란 사람, 부모의 지원도 잘 받아 성장한 아이로 생각했다. 그 당연한 시선으로 아버지는 무슨 일을 하시냐 물어오면 "건설 쪽 일을 하시는데요"라고 운을 떼자마자 아버지는 건설사 대표나 중책을 맡은 사람이 됐고, 어느 대학을 나오셨냐 물어오면 아무 대답을 하지 않아도 아버지는 대졸자가 됐다. 부모를 물어오는 질문 앞에서 나는 거짓과 참 그 어느 것도 아닌 대답을 할 때가 많았다.

기준을 정해놓고 질문을 하는 사람들의 물음표도 잘못됐지만, 그 기대치에 맞춰 정확한 대답을 하지 못한 나의 마침표도 잘못됐다. 겉모습을 보고 '이럴 것이다' 틀을 씌우는 생각들은 어쩌면 서로가 서로에게 범하는 가장 큰 결례가 아닐까. 보통의 무례 속에 우리는 서로에게 잘못된 질문과 답을 하며 누군가에게 부끄러운 사람들이 되어간다. 나도 그 틀에 맞춰 아버지와 어머니를 숨기고 부끄러워하며 살아온 지난날들이 너무나 죄송스럽고 후회스러워 글을 쓰기 시작했다. 내가 내 부모의 배경을 남들에게 다 말할 필요도 없었지만, 그렇다고 말 못 할 이유도 없었는데 그 말이 참 쉽지 않았다.

아버지가 방송국 PD여서 자연스럽게 아나운서를 꿈꿨다는 친구, 의사인 아버지가 너는 말을 잘하니 아나운서가 되어보면 어떻겠냐며 일찍이 방향을 정해줬다는 친구, 부모님의 지원 아래 유명 브랜드의 정장을 입고 고가의 샵에서 헤어 메이크업을 받는 친구들을 보면서, 나는 어쩌면 내가 내 형편에 맞지 않는 꿈을

꾸고 있는 것은 아닐까 내내 불안해하며 이십 대 아나운서 준비생 시절을 보냈다. 꿈에는 형편이 없는데, 친구들의 아버지가 맞고 내 아버지가 틀린 것이 결코 아닌데, 그들 기준에 맞춰 비교하며 나는 빨간펜을 들고 나 스스로 잘못된 채점을 했다. 그것은 애초부터 정답이 없는 문제였고, 문제도 아니었다.

부모의 시절과 나의 시대는 많이 달라서 부모는 선택의 여지가 없었다. 아버지와 어머니는 가난과 무지를 스스로 선택한 것이 아니다. 어쩔 수 없는 것들은 어찌할 수 없는 것이다. 그것은 누구의 잘못도 원망도 창피함도 되어서는 안 된다. 아나운서라는 직업이 대단한 일도 아니고, 막노동이 변변치 않은 직업도 절대 아님을 나도 너무나 늦게 깨달았다.

나는 막노동하는 아버지 아래 잘 자란 아나운서 딸이다. 한글조차 익숙하지 않은 부모 아래서 말을 업으로 삼는 아나운서가 됐다. 내가 이렇게 잘 성장할 수 있었던 건 정직하게 노동하고 열심히 삶을 일궈낸 부모를 보고 배우며, 알게 모르게 체득한 삶에 대한 경이驚異가 있기 때문이다. 매일 새벽 4시 반에 일어나 공사장을 향하는 아버지와 가족들을 위해 묵묵히 돈을 아끼고 쌀을 씻었던 어머니를 생각하면, 매 순간 나는 그것이 무엇이든 열심히 하지 않을 수가 없었다. 아르바이트부터 아나운서 입사 시험까지 부모를 떠올리며 그리고 나 자신을 생각하며 골몰했다.

나의 부모가 틀리지 않았음을 내가 입증하고 싶었고, 그들의 선명한 증거가 되고자 내가 할 수 있는 일과 하고 싶은 것들에 몰두했다. 나는 반드시 번듯한 자식이 되어야 했다.

나를 움직인 가장 큰 원동력도 부모였다. 나의 아버지와 어머니는 자신들이 부족한 만큼 사랑을 채워 나를 돌봐주었고, 무엇이든 스스로 하는 나를 대견해했고, 묵묵히 지켜보며 응원해주었다. 물질적 지원보다 심적 사랑과 응원이 한 아이의 인생에 있어 가장 큰 뒷받침이 된다. 나는 그것을 잘 알아 내 앞에 놓인 삶을 허투루 할 수 없었다. 여유가 없던 부모의 인생에 나는 목숨을 걸고 생을 바쳐 키워낸 딸이었다.

길거리를 걷다 공사현장에서 노동을 하는 분들을 보면 나는 속으로 생각이 든다.

'저분들에게도 번듯한 아들이, 잘 자란 딸들이 있겠지? 그 자식들은 자신의 아버지를 어떻게 생각하고 있을까? 나처럼 말하지 못했을까? 내가 했던 것처럼 부모를 감추었을까?'

그러지 않아도 된다는 것을 내가 증명하고 싶다. 평생 막노동과 가사노동을 하며 키운 딸이 아나운서가 되어 그들의 삶을 말과 글로 옮긴다. 나와 비슷한 누군가의 생도 인정받고 위로받길 바란다. 무엇보다 나의 아버지와 어머니가, 우리 모두의 부모가 존중받길 바란다.

기적은 다른 것이 아니었다.

나를 키워낸 부모의 생, 그 자체가 기적이었다.

1장

아빠 이야기

50년 막노동은
왜 '경력'이
될 수 없을까

일흔에도 공사장 찾아가 나 좀 써달라는 아버지

나의 아버지는 평생 막일을 하며 살았다.

그것은 직업도 아니었고, 경력은 더더욱 아니었으며, 돈도 되지 못했다. 그저 노동이었다. 회사에서는 10년 20년 시간이 지나면 호봉이 오르고 경력이 쌓이고 직급이 오르지만, 50년을 넘게 공사장에서 일한 아버지는 오를 직급도 호봉도 없었다. 50년 전도 지금도 그저 일당을 받고 공사현장으로 나가 일을 하는 노동자일 뿐이다.

아버지는 해가 뜨기 전에 눈을 떴고 어둠이 짙어지기 전에 쓰러져 잠들었다. 매일 새벽 4시 반에 일어나 저녁 8시가 넘으면 잠이 들었다. 일요일, 공휴일에 쉬는 것이 아니라 비가 많이 오거나 눈이 많이 내려 공사를 할 수 없는 날에 '어쩔 수 없이' 쉬었다. 아버지에게 휴일은 하늘만이 점쳐줄 수 있었다. 하지만 그런 날에도 나의 기억 속에 아버지는 그래도 공사장에 나가 오늘은 공사가 없다는 말을 듣고서야 집으로 돌아왔다. 그러니까 월화수목금토일 하루도 빼놓지 않고 매일 새벽 4시 반에 집을 나서 공사장으로 향했다. 날씨 때문에 어쩔 수 없이 허탕을 치고 집에 오는 날이면, 하루 종일 일을 하고 돌아오는 날과 똑같이 지쳐 있었다. 자신이 하루 노동을 하지 못해 벌 수 없었던 일당 팔만 원의 무게는 하루 종일 노동을 하고 지칠 무게와 맞먹는 것이었다.

그렇게 아버지는 남들보다 부지런히 하루를 시작했고 온몸을 써서 일했으며 당연히 일찍 지칠 수밖에 없었다. 노동, 밥, 잠으로 이어지는 그 단순했던 반복은 50년이 넘는 시간 동안 계속됐다. 그 순환 속에서 자식 세 명이 자라났고 아내인 한 여자가 늙어갔다. 반복은 기적을 만들어낸다.

그런데 이 사회는 더 이상 아버지에게 그 노동조차 주지 않는다. 아버지는 환갑을 지나 일흔이 넘었다. 이제 남은 건 더 이상 자신을 부르지 않는 공사장과 몸에 밴 부지런한 습관들이다.

아버지는 이제 노동을 할 곳이 없다. 하루 종일 할 일이 없다. 평생을 노동만 하며 살아온 아버지에게 노동 이외의 것들은 상상조차 할 수 없는데 말이다. 그 습관들은 일이 없는 지금도 새벽 4시 반에 눈을 뜨게 하고, 끊임없이 자신의 몸을 혹사시켜야 하루를 버틸 수 있게 한다. 하루 종일 집 안에서조차도 무언가를 해야만 한다. 그래서 온종일 집 안 대청소를 하고, 쓰레기를 치우며, 동네를 돌아다닌다. 아버지의 몸은 가만히 있으면 쉬는 것이 아니라 불편한 것이다. 평생 노동을 습관처럼 한 탓이다.

밥은 씹지도 않고 아주 빨리 단시간에 삼켜야 하며 몸은 재빨리 움직여야 한다. 무거운 것들을 등에 지어야 하며, 팔과 다리를 열심히 움직여야 한다. 그곳이 공사판이 아닌 집일지라도 움직이지 않는 찰나의 순간들을 견디기 어렵다.

공사장에서 이고 지었던 벽돌과 장비 대신, 집 안의 장롱과 냉장고를 등에 지고 옮겨 바닥에 쌓여 있는 먼지들을 치운다. 넓지도 않은 18평 집 안을 활보하며 그렇게 청소를 하고 가구들을 옮긴다.

평생 공사장으로 출근했던 아버지는 이제 불러주는 곳이 없어 집을 공사판으로 만들어 노동을 한다. 참으로 지독한 습관적인 노동들. 그 50년의 노동이 만들어낸 참혹한 습관들을 일흔이 넘은 아버지의 몸은 고스란히 기억하고 있는 것이다. 그렇게 아버지는 끊임없이 청소를 하고, 쓰레기를 버리고, 동네를 돌아다닌다. 그런데도 하루가 길다. 갈 곳이 없고, 할 노동이 없다. 며칠 전 아버지는 술에 취해 나에게 이렇게 말씀하셨다.

"내가 하도 답답해서 집 앞에 단독주택 짓는 데 가서 말했다. 나 좀 써달라고. 대뜸 몇 살이냐 물어보더라. 일흔이요! 하니까 안 쓴다고 일흔은 안 쓴다고 고개를 절레절레하드라. 에라이! 하고 집에 왔다. 내가 그랬다!"

가슴이 먹먹해 아무 말도 하지 못했다. '나 좀 써달라고' 그 한 마디가 자꾸만 맴돌아 하루 종일 아무것도 하지 못했다. 아버지는 50년 경력자인데 막노동의 50년 경력은 일흔이라는 나이만 남겼다.

나는 아버지의 나이가 일흔이라는 것이 슬픈 것이 아니다. 평생을 노동했고 노동밖에 할 수 없는 아버지가 더 이상 그 노동을 하지 못한다는 것이 비통할 뿐이다. 못난 딸은 늙은 아버지가 더 이상은 그 노동을 하지 않고 쉬었으면 싶다가도, 이런 순간들을 마주할 때면 무슨 노동이라도 하길 바라는 구차한 마음이 든다. 그 노동의 목적과 결과물인 딸은 이제 아버지에게 멋진 옷도 사드리고, 용돈도 드리고, 술도 사드릴 수 있지만, 노동을 하게 해드릴 순 없는 노릇이다.

앙상한 아버지의 팔과 다리가, 깊게 패인 얼굴의 주름살이, 넘새 나는 몸뚱이와 거친 숨소리가, 잘 들리지 않는 귀가 그저 다슬플 뿐이다. 마치 그것들이 아버지의 평생 노동의 결과인 것 같아서 애통할 뿐이다.

평생을 반복했던 아버지의 노동이 결코 무의미한 것은 아닐진대, 그래서 일흔이 된 지금 그 누가, 무엇이, 나의 아버지의 평생 노동을 보상해줄까? 아버지의 노동으로 나는 맛있는 것을 먹었고, 예쁜 옷을 입었고, 공부를 했고, 여행도 갔고, 술도 마셨고, 부끄럽게도 아버지의 그 노동을 원망하기도 했다. 참 못난 딸이다.

아버지는 세 명의 자식이 갓난아이에서 어른이 될 때까지, 한 여자가 숙녀에서 할머니가 될 때까지 노동을 했는데 그래서 아버지는, 그래서 나의 아버지는 무얼 보상받았을까. 아버지에게 노동은 평생을 지독히도 따라다녔던 그러나 부정할 수 없는 그 무엇이었다.

아빠가 많이 늙었다.

삶 의   숫 자 들

종이와 펜 대신 못과 망치를 들어야 했던 나날들

아빠는 글자를 쓸 때면 손을 떨었고 손가락에 힘을 잔뜩 주었다. 자음 하나 쓰고 쉬고, 모음 하나 쓰고 힘주고, 다시 자음 하나 쓰고 보고, 그러면 글자 하나를 겨우 쓸 수 있었다. 그렇게 쉬고 힘주고 쉬고 보고를 반복해 자기 이름 석 자를 써냈고 그 이상 길어지면 엄두를 내지 못했다. 한글을 쓰는 게 익숙지 않아서이기도 했지만 그것보다 글자를 잘 써보지 않아서, 더 정확히 말하면 아빠의 인생에는 손보다 몸으로 하는 일들이 많아서였다.

그 옛날 국민학교를 중퇴한 아빠는 겨우 한글을 뗐을 것이고 학업이라고조차 표현할 수 없는 얕은 배움의 시간들을 짧게 보냈을 것이다. 그 이후의 삶은 죄다 몸으로 일구었기에 어쩌다 종이 위에 글씨를 써야 할 때면 익숙지 않음을 티내듯, 손은 진동했고 바짝 긴장했다. 몇 줄도 아닌 몇 글자를 쓰고 나면 종이는 항상 울퉁불퉁해졌다.

아빠는 손에 종이와 펜을 쥔 날보다 못과 망치를 쥔 날이 훨씬 많았다. 무거운 벽돌과 시멘트, 철근과 나무판들은 매일 만졌어도 그 얇디얇은 종이 한 장 만질 날은 많지 않았다. 아빠의 직업은 그랬다.

하지만 그런 아빠에게도 수첩과 펜은 항상 필요했다. 그 수첩에는 하루하루 일한 날짜들이 빼곡히 적혀 있었는데, 일용직 근로자였던 아빠에게는 일한 날 수를 잘 적어두고 확인하는 일이 중요했기 때문이다. 아빠의 삶은 글자보다 숫자가 많았다. 그 숫자들이 차오를 때면 아빠 항상 나에게 불쑥 물었다.

"팔만 원씩 26일이면 얼마냐."

"이백팔만 원이요."

곱셈을 해드리고 나면 아빠는 기쁨도 슬픔도 아무런 감정도 없이 그저 고개 한 번을 끄덕이고 나가셨다. 아빠의 월급에는 감정이 없다.

수첩을 두고 가신 어느 날 나는 그 낡은 흔적들을 넘겨보았다. 숫자들이 가득 적힌 몇 장을 넘기면 가족과 친척, 지인들의 이름과 전화번호가 적혀 있었다. 휴대폰이 있어도 스마트폰을 사드려도 평생 직접 손으로 적은 수첩 속 전화번호부를 보셨다.

아빠가 직접 한 글자 한 글자 공들여, 아니 힘들여 적은 그 수첩의 전화번호부는 내가 아는 이름들이 많았지만 틀린 글자들이 많았다. 아빠는 본인 이름 석 자를 쓰는 것 외에 다른 글자를 쓰는 일이 익숙지 않았다. 잘못 적힌 이름들이 가득한 몇 장을 넘기면 아들과 딸의 이름도 적혀 있었다. 그 이름들은 여러 번 다르게 적혀 있고 여러 번 지워져 있었다.

그러다 눈동자를 아래로 내리면 이내 정확한 내 이름 석 자와 오빠의 이름 석 자가 적혀 있었다. 아들과 딸의 이름은 정확하게 새겨져 있다. 자신의 이름과 함께 그 이름들만큼은 바르게 쓰고 싶으셨을 것이다. 자식의 이름만큼은 여러 번 썼다 지우기를 반복해 쓰셨다.

아빠의 하루는 그 수첩에 오늘의 날짜를 쓰는 것으로 마무리됐다. 그 숫자들은 하루치의 노동이었고 증명이었다. 50년을 넘게 노동했던 아빠의 수첩은 다 합치면 몇 개나 될까? 바닥에 쪼그려 앉아 그 작은 수첩을 펴고 무딘 손으로 볼펜을 잡고 떨며써 내려갔던 노동의 숫자들. 1부터 31까지 쓰고 나면 다시 반복됐던 삶의 숫자들. 아빠의 직업에는 숫자도 31까지만 필요했던 것일까?

"팔만 원씩 31일이면 얼마냐."

"이백사십팔만 원이요."

"이만 원 더 준거 맞네. 아빠가 오늘 월급 이백오십만 원 받았다!"

한 달을 꼬박 일한 아빠의 보너스는 이만 원이었다. 그날 아빠의 퇴근길 손에는 이만 원어치 삼겹살이 들려 있었다.

우리 아빠가 초등학교를 졸업하고 중학교에 진학하고 고등학교를 졸업했다면 아빠의 삶은 지금보다 글자가 많아졌을까? 무거운 연장 대신 가벼운 펜을 쥐고 몸 대신 손으로 일을 했을까?

대학을 졸업한 딸이 펜을 쥐고 아빠의 삶을 써 내려가는 것으로 작은 보상을 대신한다. 나의 펜은 아빠의 연장이고 나의 글은 아빠의 삶이니까. 나는 아빠의 연장으로 글을 쓴다. 오늘도 아빠는 그 낡은 수첩에 오늘의 날짜를 적고 잠이 드셨다.

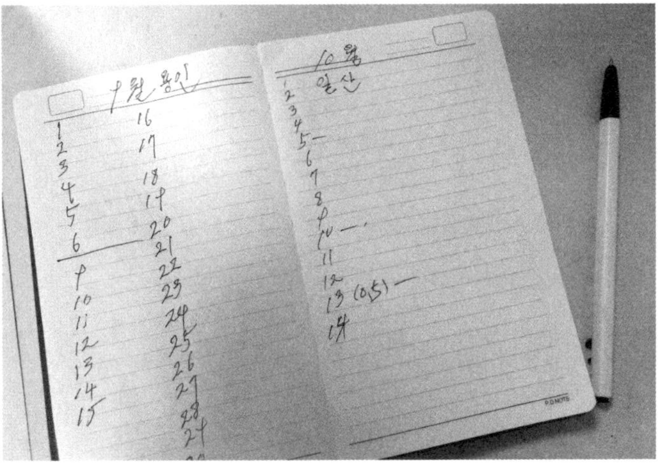
9월 용인
10월
일산

나 는 아 빠 의
선 명 한 재 산 이 다

힘겹고 우직하게 쌓아온 아버지의 삶

'아빠는 소 같아.'

아빠를 마주하고 밥을 먹는 내내 속으로 내뱉었던 말이었다. 아빠는 밥을 참 많이 먹었다. 빼빼 마른 체격에 비해 항상 산처럼 쌓인 밥을 두 공기씩 먹었다. 숟가락 위에 뜬 밥도 항상 우뚝 솟아 있었고 아무리 큰 총각김치도 절대 잘라먹는 법이 없었다.

보고 있으면 저게 과연 한입에 다 들어갈까 싶어도 어느덧 입 안에 털어 넣고, 이내 빈 숟가락으로 얼른 국을 떴다. 제대로 씹는 법도 없어 그 많은 밥과 반찬을 두세 번만에 꿀꺽하고 삼켰다. 밥 한 공기를 먹는 데 10분도 채 걸리지 않았다.

이런 일련의 과정을 보고 있으면 그냥 그런 생각이 들었다. 마치 산처럼 쌓인 여물을 급히 삼키고 금세 밭으로 나가 해가 질 때까지 일해야 할 소 같다고. 아빠가 항상 저렇게나 많이 그리고 빨리 밥을 먹는 것은 배가 고파서라기보다 자기가 감당해야 할 가족과 일의 양을 알기 때문인 것 같았다. 아주 가끔 아빠를 마주하고 밥을 먹을 때면 나는 항상 목이 메어 물만 삼켰다.

아빠는 밥을 제일 중요하게 생각했다. 딸에게 전화를 걸어 가장 먼저 하는 말은 "밥 먹었냐"였고, 가끔 술 한잔을 하고 전화를 할 때면 "밥 많이 먹었냐"였다. 취한 정도만큼 밥 뒤에 '많이'가 붙었다. 어쩌면 밥을 잘 챙겨 먹는 것이 생의 목적이었을 아빠에게는 가장 중요한 질문이었다. 그렇게나 중요한 밥을 많이 많이 챙겨 먹었음에도 가장 무거웠던 몸무게는 58kg. 아무리 많이 먹어도 노동의 양보다는 적었나 보다.

평생 온갖 땅에 수많은 집과 건물을 지었지만 아빠는 그 어디에도 자기 집 한 채 갖지 못했다. 소유는 노동이 아닌 자본으로 가능했기에, 가난했던 아빠에겐 불가능한 일이었다. 흔적 없는 공허한 노동만 반복했던 것일까? 아빠에게 땅은 그저 묻혀야만 소유할 수 있는 것일까? 막된 물음만 떠올랐다. 그렇게 평생을 밭 대신 공사장을 일구며 열심히 소처럼 일했다.

그런 아빠의 일을 나는 너무 어렸을 때부터 짐작하고 헤아렸다. 서류가방 대신 나는 들 수조차 없었던 망치와 톱, 못과 쇳덩어리 같은 무거운 연장이 가득했던 가방, 새 옷 대신 바래지고 낡은 작업복을 더 많이 사러 다녔던 모습, 집에 돌아와 그 작업복을 벗을 때면 널브러진 옷가지 주변으로 퍼지던 쇳가루와 흙덩어리에서 충분히 그리고 깊게 알아챌 수 있었다.

자연스럽게 내가 가장 싫어하는 말은 "할 일 없으면 막노동이라도 해!"라며 막노동을 일의 끝으로 치부하는 누군가의 무심한 한마디였다. 그것은 아빠의 유일한 할 일이었다.

나는 한글을 떼고 나서부터 철이 들었다. 내가 글을 쓰자, 아니 글자를 쓰자 아빠는 은행에 돈을 찾으러 갈 때도, 경조사비 봉투에 자신의 이름을 쓸 때도 나를 불렀다. 아빠의 손을 잡고 은행에 들어가 '찾으실 때'라고 적힌 하얀 종이를 꺼내 금액란에 '일십만 원'이라 적었고, 누군가의 경조사가 있을 때 아빠가 나에게 내민 하얀 봉투 위에 '임동명' 이름 석 자를 썼다. 어린 나는 나의 이름보다 아빠의 이름 세 글자를 쓸 때가 더 많았다. 초등학교 입학 후 가정 통신문 학부모 의견란에도, 임대 아파트 입주신청서에도 열심히 글자를 썼다. 한글을 잘 모르는 부모 아래 나는 최대한 일찍 한글을 떼야 하는 자식이었다.

기쁘다 슬프다 아프다는 감정 다음으로 서럽다는 마음을 일찍이 알게 됐다. 자기 이름 석 자 제대로 쓰지 못하는 그 손이,

36

작고 마르고 구부정한 그 몸이, 여유와 편안이 없었던 그 마음이. 나는 서러웠고 아빠는 힘겨웠다.

사춘기도, 방황도 투정도 나에겐 허용되지 않는 것들이었다. 사달라고 조르는 것. 해달라고 칭얼대는 것. 아이의 언어. 청원의 말들. 사실 그것은 내가 부모에게 가장 하고 싶었던 말이기도 했다. 많이 생략했다.

아이가 말보다 침묵을, 요구보다 인내를 먼저 배웠다. 어린 나이에 어리광조차 제대로 피우지 못하고 힘겨운 부모의 삶을 일찍이 이해해버린 일은 참 슬프다. 그래서 어린 시절의 나는 스스로 활기찼고 때때로 우울했다. 자라는 동안 아빠를 부정했고 다 자라고 나서야 인정했다. 서러운 만큼 부정하고 나니 어른이 됐다. 시간이 많이 걸렸다.

아빠의 노동은 나를 정직하게 키워냈다. 바르게 살라는 훈계 한마디 없이 저절로 그 가르침을 배웠다. 부지런함과 성실함은 나에겐 노력하지 않아도 저절로 보고 체득된 것이었다. 평생 첫차를 타고 출근했던 아빠의 시작을 따라 나도 일찍이 학교에 등교했고 12년 내내 개근상을 받았다.

학교 가기 싫다는 투정 한 번, 지각 한 번 하지 않았다. 내가 받은 개근상은 아빠의 상이다. 내가 본 것처럼 부지런히 회사를 출근했고 성실히 일했다. 아빠는 평생을 단 한 번도 요행을 바라거나 교만한 적 없었고, 주어진 범위 안에서 최선을 다해 삶을 쌓았다. 나는 그 우직한 삶이 너무 대단한 걸 알기에 감히 아빠라는 글자 뒤에 형용할 단어를 찾아내지 못한다. 아빠는 아빠다. 아빠의 직업으로는 삶을 사는 게 아닌, 살아내는 것이었다. 이제 안다. 이제 그 딸은 잘 자라 대학도 갔고, 아나운서라는 꿈도 이뤘고, 돈도 벌고, 결혼도 했다. 시간이 많이 지났다. 어렸을 땐 아빠의 태생이, 학력이, 직업이, 생김새가 다인 것만 같았는데, 이제 그것들은 나에게 아무것도 아니다. 내가 이렇게나 잘 자라난 것으로 아빠의 노동은 증명됐다. 나는 땅이나 돈보다 더 선명한 아빠의 재산이다.

아빠에게 전화가 왔다.

"밥 많이 많이 먹었냐?"

밥을 묻는 것. 그 뒤에 '많이'를 붙이는 것. 아빠의 언어. 오늘은 '많이'가 두 번 붙었다. 짐작컨대 '많이' 한 번에 대략 소주 한 병. 오늘은 소주를 두 병쯤 드셨나 보다.

"네 아빠! 밥 많이 많이 먹었어요."

"그래. 밥 많이 많이 많이 먹어라잉?"

아빠를 마주하고 밥을 먹은 것도 아닌데 전화를 끊고 목이 메어 물 한 잔을 마셨다.

폭염도 막지 못한
아버지의 노동

매년 여름, 아버지는 체중이 줄었다

'폭염 속 작업하던 60대 건설근로자 사망'

최악의 폭염이었던 2018년 여름이었다. 컴퓨터 화면 속 기사 제목을 보고 가슴이 덜컹 내려앉았다. 클릭해 보기까지 한참의 시간이 필요했다. 나에게는 그저 뉴스가 아니었다. '60대'와 '사망'이라는 두 단어를 뺀다면, 뉴스가 아닌 내 아버지의 이야기였다.

노동 현장에서 1년 중 쉬는 날은 한여름 장마철 폭우나 한겨울 폭설이 내리는 며칠뿐. 아버지의 달력에는 쉬는 날이 1년에 일곱 번 정도 될까? 하지만 1년에 몇 번 되지 않는 휴일 사유에 '폭염'은 없었다. 폭우와 폭설은 공사자재와 일 자체에 영향을 주기에 어쩔 수 없이 쉬어야 했지만, 폭염은 아버지만 참는다면 꾸역꾸역 할 수 있는 일이라 쉬어야 하는 이유에 해당되지 않았다. 매년 여름, 아버지는 밥을 아무리 많이 먹어도 한 달에 3, 4kg씩 체중이 줄었다.

그해 여름은 111년 만에 최악의 폭염이라고 했다. 40도 가까운 한낮의 최고기온. 온열질환자는 4,500명을 넘어섰고 사망자도 48명에 이른다. 이건 분명 자연재난이다. 이런 정도의 폭염은 당연히 아버지의 인내와 노력과 고통을 넘어서는 수준이었다. 하지만 생계가 걸린 일이고, 뭐랄까 자신의 평생 습관과 소용所用이 걸린 일이기에, 아버지는 여전히 폭염을 휴일 사유에 넣지 않으셨다.

얼마 전 경기도 양평에 있는 5층짜리 빌라 건설현장의 소일거리 전화를 받고 여태까지의 삶이 그랬듯, 새벽 4시 반 연장을 챙겨 집에서 두 시간이 걸리는 현장으로 나가셨다. 새벽에도 30도 아래로 떨어지지 않는 열대야 속에 8kg 가까운 연장가방을 어깨에 짊어지고 나가 그렇게 점점 뜨거워지는 35도 37도 38도의 공기 속에서도 여전히 아버지는 일을 하셨다.

"아휴. 말도 마라! 소금을 포대 자루로 갖다 놓고 퍼먹으면서 일한다."

폭염 속 건설노동자에게는 수분만큼이나 중요한 것이 염분이다. 아버지는 그 염분 보충마저 저렇게 극단적으로 하셔야 겨우 버틸 수 있는 것이구나 생각했다. 돌이켜보니 여름철 엄마는 항상 국과 반찬을 좀 더 짜게 하셨는데, 음식이 너무 짜다는 나의 투정에 "니 아빠는 여름에 더 짜게 먹어야 돼"라고 말씀하셨다. 한여름 땀을 뻘뻘 흘리며 몸속 모든 염분을 다 빼고 돌아오는 아빠의 모습을 보고 엄마는 본능적으로 소금을 더 넣어 음식 준비를 하셨다.

이 폭염 속 뜨거운 공사현장에서의 노동이라니. 나는 차마 상상으로라도 견딜 수 없을 것 같은데, 소금을 퍼먹으며 일한다는 아버지의 말을 듣고 그날 밤 펑펑 울며 밤을 지새웠다.

"아빠. 제발 일 나가지 마세요. 그러다 아빠 진짜 큰일 나요. 제발 집에서 쉬세요."

"응 괜찮아. 쉬엄쉬엄 일하면 돼."

아무리 느리게, 아무리 조금씩, 아무리 여유를 부리며 일한다 해도, 폭염 속 막노동이다.

계속되는 살인적인 폭염에 주요 건설사의 공사현장도 멈췄다 하고, 나라에서도 여러 기관에 공문을 보내 낮 시간대 작업을 중단하거나 연기하라는 통보를 내렸다고 한다. 아버지도 도저히 힘들어 오전 작업만 하고 12시에 퇴근을 하신다고 했다. 하지만 아버지는 본인의 건강보다 오후 작업을 하지 못해 반토막 나는 본인의 일급에 더 걱정이 많으셨다.

생계와 삶이 걸린 문제들은 배려와 행정으로도 풀 수가 없다. '작업시간 단축' 딱 거기까지만이다. 그 단축시간만큼 줄어드는 일급까지는, 그 일을 생업으로 하는 노동자 외에는 미치지 않는 생각일 것이다.

아버지라고 폭염에 왜 쉬고 싶지 않으실까. 자식이 아무리 용돈을 드려도, 나라에서 공사를 멈추라고 해도, 본인의 건강보다 가장으로서의 책임감이 훨씬 중요한 아버지는 40도의 폭염 속에도 뜨거운 연장을 차마 내려놓지 못했다. 에어컨을 틀어놓고 사무실에서 근무하는 딸은 절대 보상해드릴 수 없는 '무엇'일 것이다.

일 혼 의   부 모 가
문 자 를   보 내 는   방 법

ㅇㅇㄹㅈ 연락 바랍니다

나는 부모님과 문자로 얘기하는 친구들이 너무 부러웠다. 엄마와 아빠는 문자 쓰는 방법을 모른다. 그러면 지인들은 부모님께 문자 쓰는 법을 알려드리라고 말한다. 시도하지 않은 것은 아니었다. 폴더폰을 쓰실 때는 종이 위에 눌러야 하는 번호를 순서대로 써서 보고 누르시라고 드린 적도 있었고, 스마트폰으로 바꾼 뒤로는 터치해야 하는 순서를 여러 번 보여드리며 설명해드린 적도 있었다. 하지만 나의 부모가 휴대폰에서 문자를 쓰는 일은 어린아이가 한글을 떼는 일보다도 어려운 일이다. 차라리 자음과 모음을 외우는 일이 낫지, 터치를 하고 글자를 읽고 눈으로 잘 들여다봐야 하는 일은 참으로 번거롭고 더딘 일이었다.

아빠는 일흔이 넘었고 엄마는 일흔을 바라보는 나이. 일흔의 나이는 무언가를 새로 배우기에도, 익히기에도, 이해하기에도, 열 살 때보다 적어도 일곱 배 이상의 애씀이 필요한 나이 같다. 사실 나이보다 한글 자체가 익숙지 않은 것이 더 큰 어려움이었다. 보고 읽는 데 많은 시간이 걸리고 특히나 써야 할 때는 더 많은 시간이 필요하다. 잘 안 보여 포기하고, 몇 글자를 읽다가 포기하고, 쓰는 건 엄두도 내지 않으신다. 게다가 뭉툭하고 굳은살이 잔뜩 박인 아빠의 손가락은 글자 하나하나 터치하기가 쉽지 않다. 스마트폰을 사드려도 그저 전화를 걸고 받는 것 외에는 잘 쓰질 못하신다. 엄마 아빠에게 전화기는 영원히 아날로그다. 다섯 번쯤 시도했을까. 포기는 나보다 부모님이 빨랐다. 나도 자연스럽게 부모님과 문자를 주고받는 일은 없겠다 단념했다.

그런데 어느 날 회사에서 한창 바쁘게 일하고 있을 오후 시간. 엄마 번호로 갑자기 문자 하나가 도착했다. 분명 문자 메시지인데 '엄마'라고 화면에 떴다. 깜짝 놀라 들여다본 문자.

'ㅇㅇㄹㅈ'

몇 초 후 한 개의 메시지가 더 온다.

'ㅏㅐㄷ치ㅁ'

엄마의 문자. 문자를 쓸 줄 모르는 엄마의 문자. 나는 그 문자를 한참을 바라본다. 엄마가 내 생각을 하고 있는 것이다. 자음과 모음이 제멋대로 흐트러져 있는 그 문자 속에서 나는 엄마의 마음을 읽는다.

'딸 일 잘하고 있어? 엄마는 좀 무료해. 오늘도 김치 하나 놓고 혼자 밥을 먹는 둥 마는 둥 하고 저녁에 아빠 고기 좀 멕일라고 삼겹살 사왔어. 니 아빠 고기라면 사족을 못 쓰잖아. 힘들게 일하는데 좋아하는 고기라도 구워줘야지. 우리 딸 바쁘지? 바쁘게 일하고 있는 거 알아서 전화하고 싶은데 그냥 참아. 수고해라.'

이 긴 말을 문자로 쓰지 못해 그저 딸의 이름이 적힌 전화번호부를 보고 아무거나 눌러보는 엄마. 엄마는 문자가 간 줄도 모르고 그저 애꿎은 휴대폰만 계속 만지작만지작한다.

가끔 아빠에게도 문자가 온다.

'연락 바랍니다.'

'연락 바랍니다.'

뭉툭한 손가락으로 이상하게만 자꾸 저 문구를 반복해 누르는 아빠. 나는 '연락 바랍니다' 여섯 글자를 '딸아 보고싶다'로 읽는다. 부모님은 딸의 생각을 잊는 법이 없어서 잠이 안 올 때, 삶이 무료할 때, 일이 없을 때 정체 모를 문자들을 나에게 보낸다. 휴대폰을 보고 손가락으로 아무거나 눌러보며 딸의 마음을 콕콕 터치한다. 그 문자를 보고 있으면 내 마음이 쿡쿡 저려온다.

나는 가끔 엄마 아빠에게 답장을 보낸다.

'엄마 사랑해요.'

'아빠 건강하세요.'

온 줄도 모르고 확인도 못 하는 그 문자를 부모님께 가끔 보내곤 한다. 문자로 이야기를 나누고 연락을 주고받는 것은 내가 단념해야 하는 일이었지만, 엄마와 아빠는 잘못 누르는 문자로 딸에게 마음을 보낸다. 시간이 걸리고, 읽을 수 없기도 하고, 반복해 보내기도 하지만, 엄마와 아빠가 나에게 보내는 문자 그리고 그 문자에 내가 답하는 마음. 그것이 내가 일흔의 부모와 문자를 주고받는 유일한 방법이다.

아 빠 의

세   번 째   보 청 기

아빠는 아빠라는 말이 가장 익숙한 사람

아빠는 몇 달 전 청각장애 4급 판정을 받으셨다. 이 세상에 더한 고통과 장애들이야 헤아릴 수 없을 만큼 훨씬 많겠지만, 1급도 아니고 2급도 아니고 4급이었지만, '장애'라는 그 한 단어에 가슴이 쿵 했다.

몇 년 전부터 귀가 잘 안 들리기 시작했고 대화가 잘 안 됐다. 아빠의 목소리는 점점 커졌고 혼자 말하는 횟수와 침묵하는 횟수는 대화하는 횟수보다 훨씬 많았다. 아빠의 귀는 이제 보청기가 필요해졌다.

첫 번째 보청기는 시장에 가다 길거리에서 산 저렴한 보청기였다. 아빠는 어느 날 혼자 시장 구경을 하다 보청기를 덥석 사왔는데, 다른 것도 아니고 자신의 귀를 대신할 물건인데 오직 싸다는 이유 하나로 구매가 결정됐다. 아빠는 항상 싸다고 느껴질 때만 지갑을 연다. 역시나 귀에 잘 맞지 않았고 성능도 좋지 않았다. 얼마 못 가 그 보청기는 귀가 아닌 서랍 속에 넣어졌다.

두 번째 보청기는 엄마와 함께 보청기 매장에서 구매하셨다. 백만 원이 넘는 금액 앞에서 아빠는 여러 번을 망설이셨고, 그 이야기를 엄마를 통해 전해 들었다.

"보청기가 비싸서… 니 아빠가 살까 말까 한다."

아빠는 비싸다고 느껴질 땐 지갑을 열지 않는다. 엄마에게 용돈을 보내드렸고, 딸의 용돈으로 아빠의 망설임은 끝나는 듯했다. 그렇게 어렵게 구매한 보청기를 잘 끼고 다니시는 듯했으나 이내 얼마 안 가 엄마에게 다시 전화가 왔다.

"잃어버렸단다! 어디서 잃어버렸는지도 모른단다! 아이고 내가 못 살아…."

아빠의 망설임은 구매로 끝난 것이 아니었다. 잃어버리고 나서도 얼마나 많이 망설이셨을까. 미안한 마음에 딸내미에게 말도 못 하고 그렇게 아빠는 다시 적막 속에서 침묵했다.

시간이 갈수록 잘 안 들리는 것도 문제였지만, 갈수록 심해지는 귓속 염증 때문에 큰 병원에서 치료를 받기 시작했고, 의사는 이 정도면 장애등급을 받을 것 같다며 검사를 해보자고 했다. 그렇게 청각장애 4급. 아빠에게 또 하나의 신분증이 생겼다.

하지만 아빠는 오히려 좋아했다. 보청기 보조금이 나온다며 본인의 귀보다 딸의 지갑을 더 걱정하셨다. 나는 아빠의 장애판정이 너무 속상했는데, 아빠는 딸에게 부담을 주는 것이 더 속상했나 보다. 장애판정을 받고도 잘됐다 말하시는 아빠를 보니 가슴이 아렸다. 그렇게 장애등급 판정을 받고서야 제대로 된 보청기가 아빠의 귀에 꽂혔다.

보청기를 맞춘 날. 직원은 아빠에게 열심히 사용법을 설명했다. 어떻게 착용하는지, 보관은 어떻게 해야 하는지. 하지만 아빠는 이해와 손짓이 느렸다. 두껍고 무딘 손으로는 보청기 속 작은 건전지를 빼는 것조차 쉽지 않았고 아무리 설명을 해드려도 헷갈려 하셨다.

"아버님 다시 착용해보세요!"

직원의 말이 계속 반복됐다. 보고 있자니 답답한 마음과, 짠한 마음과, 직원에게도 미안한 마음이 동시에 올라와 나는 옆에서 한숨만 푹푹 쉬었다. 그런데도 그 직원은 천천히 크게 설명을 반복해주었고 엄마에게도 당부를 잊지 않았다.

"어머님! 보청기가 있다고 무조건 바로 대화가 잘 되는 건 아니에요. 이야기할 때는 꼭 '아빠!'라고 먼저 불러야 해요. 아버님은 아빠라는 말이 가장 익숙하고 먼저 반응하니까, 설거지하다가 아버님 보고 대뜸 '그릇 좀 갖다 줘!' 하면 안 돼요. 먼저 '아빠!' 하고 부르고, 그다음 '그릇 좀 갖다 줘' 하셔야 해요."

"아버님! 이제 사람들하고 얘기할 때는 눈을 보고 보청기 낀 귀를 가까이 대고 집중해서 들으셔야 해요. 아셨죠?"

엄마와 아빠는 어린아이처럼 눈치를 보며 고개를 끄덕였다. 20년을 넘게 같이 산 자식인 나도 내 부모의 말을 답답해하고 고개를 돌리는데, 처음 보는 저 직원은 이렇게나 친절하게 그리고 정확하게 설명을 해주다니 누가 자식이고 누가 직원인지 나조차 구분이 안 갔다.

"아 그리고 어머님! 이제 아버님은 저녁에 많이 피곤해하실 거예요. 보청기 끼시는 분들은 집중해서 말을 들어야 하기 때문에 남들보다 더 피곤해요. 집중하면 피곤하거든요. 어머님이 이해해주셔야 해요."

그 이해는 딸인 나도 하지 못한 것이었다.

집에 돌아오는 내내 보청기 직원의 말이 내 귓속에 맴돌았다. 보청기는 아빠가 아닌 내가 낀 것 같았다. 대화할 때는 '아빠'라고 먼저 부르라는 말, 아빠의 피곤을 이해하라는 말. 그 두 말이 유독 크게 들렸다. 그건 바로 내가 새겨야 할 문장들이었다.

아빠가 장애가 있는 건 슬픈 일이 아니다. 다만 조금의 품이 드는 일이다. 아빠도 그리고 엄마와 나에게도. 이제 그 품을 잘 들여서 서로의 말을 조금 더 잘 들어주면 될 일이다. 조금 더 이해해주면 될 일이다. 원래 '이해'는 시간이 드는 일이라 하려면 먼저 기다려줘야 한다. 내가 아빠의 말을 잘 들어주는 것만큼이나 중요한 건 아빠를 아빠의 말을 그리고 대답을 기다려주는 것이다. 아빠가 보청기를 세 번 맞추는 동안 나는, 이해는 기다림이라는 것을 배웠다.

세 번째 보청기는 아주 잘 맞췄다.

매일 작업복을 입고,
가끔 양복을 입는 아빠

멀끔한 아빠의 하루하루를 빌어본다

아빠가 '양복'을 입는 날은 누군가의 결혼식이거나 누군가의
장례식이거나. 경조사 때만 멀끔한 옷을 입었다. 아빠는 매일 작
업복을 입어야 했기에 새하얀 와이셔츠도 사선무늬의 넥타이도
도통 걸칠 일이 없었다. 정장을 입고 서류가방을 메고 아침에 출
근하는 아버지가 아닌, 작업복을 입고 연장가방을 들쳐메고 새
벽에 나가는 나의 아버지. 아빠의 옷은 색깔이 없고, 사이즈가
없고, 힘이 없었다. 금세 시멘트와 먼지로 뒤덮일 옷은 까만색과
회색이어야 했고, 하루 종일 땀에 젖어 등에 붙어버릴 옷은 그저
크기만 하면 됐다. 멀끔보다 후줄근이라 표현해야 했던 아빠의

옷은 '작업복'이었다. 빨기 전과 후가 크게 다르지 않았던 옷. 엄마가 피죤을 아무리 넣어도, 옥시크린을 아무리 넣어도, 향기도 나지 않고 하얘지지도 않았던 옷.

아빠는 자주 그 작업복을 사러 다녔다. 시장 안쪽 구석 헌옷가게에 들어가 할머니의 몸뻬 바지 같은 펑퍼짐한 바지, 까맣고 체크무늬가 있던 남방셔츠를 여러 벌 사왔다. 그 옷의 가격은 하나에 만 원이 넘어가는 것이 없었고, 모두 사천 원 아니면 오천 원이었다. 바지 셋 셔츠 셋, 총 여섯 벌을 사도 삼만 원이 넘지 않았다. 아빠는 엄마에게 작업복을 사러 간다며 삼만 원의 용돈을 받아들고 청량리에 있는 시장으로 향했다. 작업복을 사고 아빠 손에 남았을 삼천 원 남짓. 그 삼천 원으로 여름엔 하드를 겨울엔 붕어빵을 사왔다. 아빠는 나에게 줄 하드와 붕어빵을 사기 위해 여섯 벌까지만 옷을 사야 했을까? 엄마가 몇만 원 더 챙겨주었다면 아빠는 술도 한잔 드시고 오셨을까?

아빠가 '구두'를 신는 날은 누군가의 결혼식이거나 누군가의 장례식이거나. 경조사 때만 광나는 까만 구두를 신었다. 아빠는 매일 주택, 빌라, 아파트, 건물을 오르내려야 했기에 각 잡혀 있고 굽이 있는 구두를 신을 일은 도무지 없었다. 까만 새벽 집을 나설 때, 또각또각 소리 대신 직직 운동화 끄는 소리가 났다. 복도가 긴 우리 집 아파트. 새벽에 잠을 뒤척이다 '직직' 소리가 내

방 창문 너머 복도에서 울려 퍼지다 멀어지면, 속으로 '아빠가 일 나가시는구나' 생각했다.

아빠의 신발은 뒷바닥이 항상 한쪽으로 심하게 닳아 있었다. 항상 구부정하게 발을 끌며 걸었다. 가끔 아빠의 걸어가는 뒷모습을 보면 어깨는 굽어 있고, 몸은 앞으로 쏠려 있고, 발은 땅에 쏠려 위태했다. 땅 위에 곧게 버티고 있는 것이 아무것도 없었다. "아빠! 어깨 펴야죠!" 가끔 굽어 있는 아빠의 어깨를 주물러 드렸지만 이내 다시 구부러졌다. 아빠는 하루가 버거워 몸조차 바로 세우지 못한다. 신발이 끌린다는 것은 몸이 지쳤다는 것. 발조차 들어 올릴 힘이 없다는 것이다. 아빠는 매일 걸어서가 아닌 두 발을 겨우 '끌며' 퇴근했다. 고된 하루치의 노동 후 아빠는 매일 신발이 닳아져 왔다.

'직직' 복도에서 신발 끄는 소리가 점점 크게 들리면 어김없이 우리 집 현관문이 열렸다. 아빠의 퇴근 소리. 엄마는 직직 소리가 들려오면 "아빠 왔다!" 나에게 말했다. 집에 들어온 아빠가 묵직한 연장가방을 바닥에 툭 내려놓고 냄새 나고 먼지 나는 작업복을 벗으면, 엄마는 그 옷을 화장실로 가져가 빨간 고무대야에 뜨거운 물을 받아 담가놓았다. 분홍색 피죤을 넣고 새하얀 옥시크린을 풀고 밤새도록 담가놓았다. 까만 물속에 섬유유연제 냄새와 땀 냄새가 뒤섞인 아빠의 작업복이 놓여 있던 화장실. 나는 그 대야를 옆에 두고 양치도 하고 샤워도 했다. 씻는 동안 이상하게도 그 옷을 자꾸만 멍하니 바라보게 됐다. 물에 젖어 대야 속에서 까만 물을 빼고 있는 아빠의 작업복. 며칠 후 다시 아빠의 살갗에 붙어 땀에 젖어버릴 옷. 아빠의 옷. 아빠의 옷. 응시했다.

가끔 지인의 결혼식에 갈 때 아빠는 장롱 깊숙이 넣어둔 양복을 꺼내 하나하나 입어보고 몇 개 없는 넥타이도 셔츠에 대보며 신나 했다. 오랜만에 입는 멀끔한 옷이 좋은 듯 굳이 나를 불러 어떤 색의 넥타이가 어울리냐 물었다. 멀끔한 아빠의 옷. 일 년에 몇 번 볼 수 없는 양복을 입은 아빠의 모습이 나도 좋았다. 새하얀 셔츠에 파란 사선무늬 넥타이를 매고 반짝반짝 광이 나는 구두를 신은 아빠. 희한하게도 아빠는 양복을 입고 구두를 신고 외출할 때면 신발을 끌지 않았다. 어깨에 힘도 주고 걸었고, 또각또각 발자국 소리도 잘 들렸다. 내 방 창문 너머 복도에서 구두 소리가 점점 멀어지면 '아빠가 좋은 데 가시는구나' 생각했다.

나는 아빠의 경조사가 좋다. 누군가의 결혼식도 심지어 누군가의 장례식도 아빠가 멀끔한 옷을 입어 좋다. 말쑥한 차림새로 외출을 하는 아빠의 모습을 보고 있으면 그 하루는 아빠가 노동자 같지 않아서 좋다. 그 옷은 외출하고 돌아와도 엄마가 대야에 담가놓지 않아도 돼서 좋다. 그날은 내가 화장실에서 응시하는 일이 없어서 좋다.

양복처럼 멀끔한 아빠의 삶. 와이셔츠처럼 새하얗고, 구두처럼 반짝반짝 광나는 아빠의 하루. 번듯한 나날들. 이제라도 바라본다. 아빠는 매일 작업복을 입고 가끔 양복을 입는 사람. 나는 이제 아빠가 매일 양복을 입고 가끔 작업복을 입길 바라는 것이 아니라, 매일 편한 옷을 입고 가끔 작업복을 입길. 그러다 누군가의 좋은 일 혹은 누군가의 슬픈 일이 있을 때 여전히 옷장 안쪽에 있는 양복을 꺼내 입길 바랄 뿐이다.

그래서 나는 월급을 타면 아빠의 손을 잡고 시장이 아닌 백화점을 간다. 그곳에서 후줄근한 작업복이 아닌 알록달록 새 옷을, 최소한 한 벌에 삼만 원 이상 하는 멀끔한 옷을 골라 아빠에게 갈아입힌 후, 돌아오는 길에는 고깃집에 들러 아빠가 좋아하는 삼겹살을 양껏 드시게 하고 술도 한잔 사드린다.

집에 돌아와 아빠의 옷에서 고기 냄새와 소주 냄새가 풀풀 나면, 엄마는 항상 그랬듯 그 옷을 또 고무대야에 넣고 조물조물 담가놓으려 한다. 그러면 나는 엄마에게 이 옷은 작업복이 아니라 새 옷이니까 담가놓지 않아도 된다고, 세탁기에 넣거나 세탁소에 맡기라고 말한다. 사준 사람도, 입은 사람도, 빨아야 할 사람도, 그 누구도 슬프지 않은 아빠의 옷.

아빠는 여전히 매일 작업복을 입겠지만 가끔 딸이 사준 옷을 입고 기분 좋게 취해 발을 끌며 집으로 돌아올 것이다. 직직 운동화 끄는 소리가 저 멀리 복도에서 들려와도 '아빠가 기분 좋게 한잔하고 들어오시는구나!' 나는 생각할 것이다.

1979년, 아빠는
사우디아라비아에 갔다

이역만리 낯선 사막에서 많은 땀을 흘렸을 아빠

"친구가 베트남에 같이 가자고 하는데 엄마랑 갔다 올까 한다."

일흔이 넘은 아빠는 해외여행을 가본 적이 한 번도 없었다. 일흔을 바라보는 엄마도 마찬가지였다. 베트남도 일본도 유럽여행도 다녀온 나는 항상 부모님을 모시고 해외여행을 가는 것이 남겨둔 숙제이자 꼭 해드리고 싶은 일종의 효도 관문 같은 것이었다. 그것을 통과해야 진짜 효녀가 될 것 같았다. 혼자 혹은 친구와 해외여행을 다닐 때마다 마음 한 모퉁이가 죄스러웠다. 하지만 그 마음은 잠시였을 뿐 내가 자식일 동안 매번 부모는 밀려났다. 엄마와 아빠는 항상 딸이 먼저였는데 자식은 언제나 자신이 먼저였다.

그런 아빠의 친구가 전화를 걸어와 베트남에 가자고 하셨다. 모임에서 패키지여행을 예약했는데 한 부부가 갑자기 못 가게 되었다며 거의 공짜이니 몸만 오라고 했단다. 아빠는 나에게 전화해 허락을 구했다. 나는 항상 여행 갈 때 내 마음대로 떠났었는데. 하긴 처음 해보는 일에는 누군가의 부추김이 필요할 때도 있다.

"아빠 잘됐네! 엄마랑 다녀오세요! 내가 용돈 보내드릴게요. 언제 출발한대요?"

"내일모레 간다드라. 엄마랑 갔다 올까나?"

내일모레. 나는 순간 다음 대답을 잇지 못했다. 부모님이 여권이 없는 게 생각났기 때문이다.

아빠의 목소리가 조금 들떠 보였는데 나는 그 들뜸을 가라앉게 하고 싶지 않았는데 순간 머릿속이 복잡해졌다. 여권 발급받으려면 며칠이 걸리지? 그냥 여행 가는 것도 긴급 당일 여권 발급이 가능한가? 대답 전 어떻게 해서든 이 여행을 가능하게 할 수 있는 방법을 찾아 "네!"라고 대답하고 싶었다.

"아빠. 근데 생각해보니 베트남 가려면 여권이 필요한데 그거 발급받으려면 사오 일 정도 걸려요. 이번엔 날짜가 너무 촉박해서 못 갈 것 같아요."

59

"여권이 뭐냐?"

나는 아빠에게 여권에 대한 설명보다 베트남에 대한 이야기를 해드리고 싶었다.

'아버지! 베트남은 비행기를 타고 다섯 시간이 조금 넘게 걸려요. 비행기 안에서 밥 주니까 도시락 안 싸가도 돼요. 많이 더운 나라니까 건강 조심하시고요. 제가 집 앞에서 사드린 쌀국수가 베트남 음식이에요. 맛있었죠? 꼭 맛보고 오세요. 아버지는 절경 보는 거 좋아하시니까 배를 타고 하롱베이도 다녀오시고요…'

이 긴 설명은 여권 앞에 모두 생략되었다. 나는 또 죄스러웠다. 해외여행 한번 못 보내드린 것이. 여권 하나 미리 챙겨 만들어드리지 못한 것이. 더 나은 자식이 못 된 것이 모두 죄송스러웠다.

며칠 후 부모님을 모시고 집 근처 사진관에 갔다. 올해 안에는 꼭 해외여행을 보내드려야지 다짐하며 여권 사진을 찍으러 갔다. 사진사에게 부모님 여권 사진을 찍으러 왔다고 말하니 딸이 효녀라며 여름휴가 보내드리려고 하냐고 물었다. 아직 예매하지 않은 비행기 티켓을 손에 들고 있는 기분이 들었다. 부모님 손에 꼭 쥐여드리리라 마음먹었다.

정갈하게 머리를 빗고, 하얀 배경 앞에 놓인 의자에 앉아 경직

된 표정으로 사진을 찍은 엄마와 아빠. 엄마는 이 사진으로 여행을 가는 거냐 묻고, 아빠는 이게 있어야 여행을 간다 대답했다. 나는 내가 돈을 많이 벌어야 두 분이 편하게 여행을 갈 수 있다 생각했다.

사진을 찾아 시청에 갔다. 엄마의 이름과 아빠의 이름 영문 철자를 찾아가며 여권발급신청서를 작성해 신분증을 제출하고 기다렸다. 그런데 이어서 들려온 직원의 한마디가 나는 너무나 놀라웠다.

"아버님은 1979년도에 여권을 만드셨었네요?"

여권이 없는 줄 알았던 아빠가, 해외여행을 한 번도 가본 적이 없는 아빠가 여권을 만들었었다니. 40년 전 아빠는 어디를 다녀오셨던 걸까. 내가 태어나기도 전 1979년, 아빠의 나이 서른둘. 아빠는 여권을 들고 비행기를 타고 어디를 갔던 것일까.

"아빠! 79년에 해외 어디 갔었어?"

"응? 해외 안 갔는데… 79년? 아… 그때! 맞다! 그 사우디 갔었다 사우디! 일하러!"

아빠는 한참 동안 생각하더니 '사우디'라고 말했다. 사우디아라비아. 나도 그저 그곳을 더운 나라 혹은 세계최대의 산유국 정도로만 알고 있는데 아빠는 그곳에 일을 하러, 서른둘의 나이에 일을 하러 갔었다.

"허허벌판 뚫고 사막에 배관 심는 일 했지. 까마득한 옛날이다. 돈 벌라고 갔지. 일 년 반 있다가 너무 덥고 힘들어서 왔는데 그때 조금만 더 참고 일했으면 돈 많이 벌었을 것인디…."

1970년대. 한국의 건설산업이 중동 진출을 본격화했다던 그때. 아버지는 그때도 건설노동자였구나. 사우디아라비아에서도 건설노동자였구나. 40년 전 이역만리 그 낯선 사막에 아버지는 배관을 심고 왔구나. 지금의 나보다도 어린 나이에 아버지는 돈을 벌러 사우디에 갔구나.

여권을 만들러 갔다가 갑자기 튀어나온 아빠의 젊었을 때 노동이 나는 믿기지 않았고 믿을 수 없었다. 1979년 여름. 공사현장에서 열심히 일하고 있던 서른두 살 아빠에게 누군가 말했겠지. 그곳에 가면 돈을 많이 벌 수 있다고. 조금만 고생하면 돈 많이 벌어 돌아올 수 있다고. 그 희망으로 아빠는 누군가 만들어준 여권을 들고, 비행기를 타고, 사우디에 가, 사막 위에 발을 겨우 딛고 땀을 많이 흘렸을 것이다. 혹시 여기보다 아주 많이 더운 나라라고, 훨씬 더 많은 땀을 흘려야 한다고도 함께 알려주었을까?

그 시절 아빠에게 돈은 그런 것이었다. 나라도 언어도 더위도 고생도 초월할 수 있는 것. 궁하고 부족해 삶의 맨 앞에 놓을 수밖에 없었던 것. 그것은 해외 출장도 파견도 아닌 생을 위한 여정 같은 것이었다. 흑백 텔레비전에서 나올 법한 옛날 뉴스 속에 우리 아빠가 있었다니. 이 까마득한 이야기가 40년이라는 시간이 지나고 아빠와 내 앞에 이렇게 새어 나오다니. 옛 기억은 멀지만 건드려진다면 훅 피어오르는 것 같다. 40년 전 그 일이 '여권'이라는 한 단어에 4분 만에 우리 앞에 펼쳐져 버렸다.

부모님의 여권을 신청하고 돌아오는 길에 생각했다. 내가 알지 못하는 부모의 시간들은 이렇게 종이 하나에도 스며들어 있구나. 내가 모르는 그 생의 이야기들은 얼마나 치열하고 억척스러웠을까. 사우디아라비아라는 나라 이름처럼 얼마나 길고 낯모르고 가늠할 수 없을까. 나는 과연 어떤 시간들을 통과해 길러진 것일까. 그것들을 생각하니 여행 하나에 부모를 한없이 미뤄두었던 내가 자꾸만 자꾸만 부끄러워졌다. 주름진 아빠와 엄마의 얼굴을 바라보며 나는 입술을 굳게 다물고 속으로 중얼거렸다.
'아버지! 베트남에 가요. 일본도 가고 유럽여행도 가요. 여권 챙겨서 엄마랑 같이 가요. 제가 모시고 갈게요. 돈도 열심히 모으고 계획도 짤게요. 이젠 미루지 않을게요. 그동안 너무 미뤘으니까 이젠 저보다 아버지를 어머니를 앞에 둘게요. 노력할게요!'
내가 내 손을 꼭 쥔 채로 다짐하고 다짐했다.

제2장

음악 이야기

엄 마 는

엄 마 로 너 무 오 래 살 았 다

나를 낳고 딸의 이름으로 살아온 엄마

우리 엄마는 8남매의 맏딸로 어렸을 때부터 순하디 순하다고 했다. 한자로 순할 순順 자에 큰 덕德 자. 순한 큰딸. 조순덕. 그렇게 이름 지어졌다. 국민학교를 겨우 졸업한 후 중학교 대신 집안일을, 고등학교 대신 밭일을 하며 어른이 되었다. 순한 엄마는 지인의 소개로 한 남자를 만나 결혼했고 자식을 낳았다. 남편이 주는 월급을 꼬박꼬박 모아 집안 살림을 했으며, 하루 삼시 세끼, 달에 아흔 번, 지금까지 4만 5천 번이 넘도록 쌀을 씻었다. 그 밥을 먹고 한 남자는 노동을 했고, 세 아이들은 자라났다.

엄마는 자기의 이름을 부끄러워했다. 순덕이. 65년이 넘는 시간 동안 순덕아, 순덕아, 불렸을 텐데 엄마는 그때마다 볼이 빨개졌다고 한다. 왜 우리 엄마와 이모들은 순덕이, 숙자, 삼순이 그렇게 불렸을까. 가난에는 세련이 없는지 이름 지어준 외할아버지가 조금 야속하기도 하다.

내가 초등학교를 다닐 때 어느 날엔가 엄마는 본인의 이름을 적어야 하는 곳에 '조희정'이라 적었다. 자신의 성과 딸의 이름을 붙여 엄마의 이름도 그렇다고 내 이름도 아닌 '조희정'이라는 새로운 이름이 탄생했다.

"엄마? 왜 조희정이라고 적어?"

"응. 그냥 그렇게 적어."

누가 순덕아! 하고 부른 것도 아닌데, 그때 엄마의 볼은 조금 붉었던 기억이 있다. 내가 가끔 장난으로 "조순덕 여사님!" 하고 부르면, "엄마 이름 부르지 마!" 하고 손사래를 쳤던 엄마. 엄마는 이름이 부끄러운 걸까, 순덕이로 살아온 삶이 붉은 걸까? 엄마가 순하지 않았다면, 큰딸이 아니었다면 무슨 이름이 지어졌을까?

엄마가 된 엄마는 자신의 이름 대신 딸의 이름으로 살았다. '희정 엄마'. 본인의 이름 석 자를 지우고, 얼굴의 화장을 지우고, 젊음을 지우고, 그렇게 자신을 지우고 지우며 엄마로 살아왔다.

그저 이름만 지울 수 있었다면 좋았을 것을. 본인의 이름 석 자 위에 덧대어진 엄마라는 이름은, 여자 그리고 한 사람의 고유한 삶마저 지우게 한 것 같다. 엄마를 엄마로 만든 원인인 내가 괜스레 미안해진다.

나는 엄마의 이름을 한번 지어본다. 순덕이보다 좀 더 세련되고, 누군가 불렀을 때 얼굴이 붉어지지 않는 이름으로 지어주고 싶다. 어렸을 적 엄마가 가짜로 적었던 '조희정', 언젠가 티브이를 보다 예쁘다고 했던 여배우의 이름을 빌려 '조가인', 그리고 내가 하나 지어본 외자 이름의 '조은'. 우리 엄마는 좋은 엄마니까.

엄마는 이 중 어떤 이름을 가장 마음에 들어 하실까? 안 그래도 부끄러웠던 자신의 이름 석 자 대신 그냥 '희정 엄마'로 불리는 것이 더 낫다 생각하실까? 엄마는 엄마라고 이름 짓지 않았는데, 어느 순간 지어진 엄마라는 이름에 누구보다 최선을 다했고 기꺼이 자신의 이름을 내주었다. 그 이름값으로 평생 밥을 짓고, 반찬을 하고, 집 안을 쓸고 닦고, 혼자 남편과 세 자식 총 네 명분의 삶을 지불했다. 나는 안다. 아빠가 벌어온 돈만큼이나 엄마가 아낀 돈이 있었기에 그 네 명분의 인생에 빚이 없었다.

조. 순. 덕.

나는 엄마의 이름을 한번 불러본다. 엄마의 얼굴 대신 내 눈이 붉어진다. 이제 다 큰 딸은 엄마에게 엄마라는 이름을 지워주고 싶다. '희정 엄마' 대신 엄마의 이름 석 자를 불러주고 싶고, 얼굴에 예쁜 화장을 해주고, 젊음을 돌려주고, 그렇게 자신을 부르고 부르며 조순덕 씨로 살게 해주고 싶다. 지금부터 그렇게 산다해도 부족한 시간들이다.

엄마는 엄마로 너무 오래 살았다.

밥 먹 었 냐 .

춥 냐 .   잘   자 라 .

하루의 끝, 엄마와의 통화

저녁 뉴스 앵커로 일을 하던 5년 가까이 나는 밤 9시 넘어 퇴근을 했고, 항상 저녁 시간대에 일이 몰려 있어 저녁밥을 거의 먹지 못했다. 뉴스를 마치고 깜깜한 밤 회사를 나설 때면 배도 고프고 엄마도 보고팠다. 정신없이 바빴던 하루의 끝 여느 직장인이 그렇듯 나는 항상 지쳐 있었다. 무거운 퇴근길. 왜 아빠가 항상 느릿느릿 축 처진 채로 집에 돌아왔는지 그때서야 비로소 몸소 이해할 수 있었다. 나는 말만 했는데도 이렇게 지치는데, 하루 종일 몸을 썼을 아빠는 얼마나 피로했을까. 퇴근하며 저절로 아빠를 납득했다.

지역 MBC에서 근무를 했던 탓에 부모님은 티브이로 딸의 뉴스를 볼 수 없었다. 그럼에도 불구하고 엄마와 아빠는 항상 서울 MBC 뉴스데스크를 챙겨보며 뉴스가 끝나면 우리 딸도 끝났겠구나 생각하셨다. 그렇게 매일 밤 9시가 되면 엄마는 어김없이 나에게 전화를 걸어와 퇴근하냐 물었다.

하지만 나는 타지에서 혼자 살며 매일 밤늦게 퇴근을 하고 저녁도 못 챙겨 먹는 그 하루를 차마 부모님께 자세히 말할 수는 없었다. 때가 되면 밥을 먹고 일찍 잠에 드는 것을 가장 중요한 일이라 여겼던 부모님께 그 두 가지 다 못 하고 있다 말하면, 걱정 때문에 엄마는 밥을 못 먹고 아빠는 잠을 잘 못 주무실까 나도 걱정이었다. 항상 구내식당에서, 밖에서, 저녁을 배불리 먹는다 거짓말을 했다. 내가 배가 불러야 엄마가 걱정을 안 한다. 내가 밥을 먹었다고 해야 아빠가 안심을 한다. 나는 잘 알고 있었다.

그렇게 저녁 9시 퇴근. 깜깜한 밤이 오늘 하루의 수고를 덮어준다. 차에 타면 제일 먼저 나는 아빠에게 전화를 건다. 그러면 항상 엄마가 전화를 받았다. 아빠는 매일, 밤을 보지 못하고 일찍 주무시기 때문에 그 시간의 아빠 전화기는 매번 엄마가 받는다. 아빠는 밤이 오기 전에 피곤이 먼저 와 밤을 보지 못하고 잠이 든다. 엄마가 받을 걸 알지만 나는 일부러 아빠 전화기로 전화를 건다. 뭐랄까, 그래야만 엄마 아빠와 함께 얘기하는 느낌이

랄까. 그렇게 내 휴대폰은 아빠에게 전화를 걸고 엄마로부터 끊어졌다.

사실 5년 동안 매일매일이 단어 하나 바뀌지 않는 거의 똑같은 통화였다.

"밥 먹었냐. 춥냐. 잘 자라."

"네. 밥 먹었어요. 안 추워요. 안녕히 주무세요."

매일 반복되는 똑같은 이 세 마디를 어제도 오늘도 내일도 주고받으며, 그렇게 하루를 마무리했다. 그런데 그 짧은 세 마디의 대화 중 두 마디는 틀리고 한 마디는 맞는 말이었다.

'엄마. 난 사실 일 때문에 저녁 먹을 시간이 없어 밥을 아직 못 먹었어요. 혼자 사는 원룸은 항상 들어갈 때마다 썰렁해요. 안녕히 주무세요.'

계절이 바뀌면 '춥냐'라는 말은 '안 덥냐'로 바뀔 뿐, 밥과 날씨와 잠을 묻는 그 세 마디는 5년 내내 반복됐다. 엄마는 매일 나의 대답을 들어야 하루가 끝이 났고, 나 역시 통화가 끝나야 내 하루가 끝이 났다. 사실 엄마가 하고 싶은 말과 묻고 싶은 질문들이야 얼마나 많았을까. 피곤에 지쳐 겨우 대답만 하는 딸의 목소리를 붙들 수는 없었을 것이다. 그저 서로의 기별을 짧은 통화로 확인할 뿐이다. 늦은 밤 안부 전화는 딸에게도 엄마에게도 서로가 받기만 한다면 그것만으로도 확실한 안심이었다.

그렇게 5년 가까운 시간 동안 나의 하루는 매일 거짓말 두 마디와 수많은 안부의 말들이 생략된 인사 한 마디로 끝이 났다. 엄마는 모른다 나의 거짓말을. 아빠는 모른다 매일 밤 엄마와 나의 통화를. 하지만 한 번 더 곱씹어보면 다 알 것이라 생각한다. 나도 부모님도 서로의 수고와 서로의 품을 알아도 모르는 척 몰라도 아는 척. 그렇게 서로를 위하고 안부를 묻고 하루를 마무리했다. 하루의 끝. 엄마도 아빠도 딸도 서로서로를 보듬어주는 전화 한 통화. 수화기 너머 엄마의 오른팔과 아빠의 왼팔이 뻗어나와 나를 토닥여주는 것 같았다. 잘 자라고 오늘도 수고했다고. 딸깍. 전화를 끊으면 우리 가족 모두의 하루가 괜찮아졌다.

엄 마 !

내 손 꼭 잡 아 !

이제 불안해하며 지하철 타지 않아도 돼

엄마의 삶의 범위는 집과 동네 그리고 집 근처 시장 반경 1km
남짓. 참 좁게도 살았다. 생을 통틀어 차 탈 일도 거의 없었고
배경이 바뀌는 일도 많지 않았다. 버스나 지하철을 타야 할 일
은 1년에 손가락으로 꼽을 만큼의 횟수. 엄마는 1km가 넘는 일
상의 범위를 벗어나야 할 때면 바짝 긴장했고 불안해했다.

이모들은 쌍문동에 살았다. 우리 집은 광명. 가끔 경조사나 이
모들이 놀러 오라고 전화를 하면 엄마는 어린 나를 데리고 광명
에서 쌍문동까지 버스와 지하철을 타고 갔다. 집에서 1호선 개

봉역까지 버스를 타고 개봉역에서 서울역까지, 다시 서울역에서 4호선을 갈아타고 쌍문역에서 내리는 코스. 그냥 버스를 탄 후 지하철 한 번만 갈아타면 될 일이지만 엄마에게는 나름의 용기가 필요한 여정이었다. 더군다나 어린 딸이 엄마 손에 의지한 채 종종 따라오고 있다. 엄마는 집을 나서는 순간부터 목적지에 도착할 때까지 땀이 날 정도로 내 손을 꼭 잡고 다니셨는데, 어린 딸을 잘 챙겨야 하기 때문이기도 하겠지만 그때의 엄마는 내 고사리 손이라도 의지해야 했을 것이다. 엄마와 나는 서로의 손을 꽉 잡고 길은 잃어도 서로는 잃지 않도록 단단히 맞잡은 채 버스와 지하철을 오르내렸다.

버스 노선도와 지하철 노선표, 엄마의 눈에는 모두 익숙지 않은 지도였다. 글자를 정확하게 잘 읽지 못하고 방향의 개념도 없어서 그저 자기의 눈앞에 서는 차를 붙잡고 기사님께 물어보고 스쳐 지나가는 사람들을 붙들고 물어볼 뿐이다.

"개봉역 가요?"

버스를 탄다.

"서울역 가요?"

지하철을 탄다.

"쌍문역 갈라믄 어디로 가야 돼요?"

발걸음을 옮긴다.

엄마가 어딘가를 가야 하는 일은 물음표가 따라붙는 일이다. 그 물음표는 횟수가 반복된다고 줄어들지는 않았다. 익숙함은 주기가 짧아야 가능해지는 일. 엄마의 외출은 너무 듬성듬성이었다. 그렇게 겨우겨우 쌍문역에 내려 이모들을 만나고 집으로 돌아오는 길. 또 한 번의 불안과 용기가 엄마를 기다리고 있다. 다시 딸의 손을 꼭 잡고 길을 나선다. 사람들은 지하철에서 계속 두리번거리는 엄마와 그런 엄마의 손을 붙들고 있는 어린 나를 보고 자리를 잘 내어주었다. 그러면 엄마는 나를 앉히고 여전히 두리번거리며 지하철에서 버스에서 물음표를 꺼냈다. 엄마는 평발이라 조금만 걸어도 아파했는데 빈자리는 항상 내가 앉았다.

　가장 큰 문제는 신도림행 열차였다. 서울역에서 1호선을 기다리며 서 있는 동안 인천까지 가는 열차가 엄마 앞에 서주면 다행이었는데, 가끔 신도림행 열차가 올 때면 엄마는 그것도 모르고 그저 문이 열리니 몸을 실었다. 우리 집은 신도림역에서도 세 정거장을 더 가야 하는데 엄마는 그 사실을 알 리가 없다. 종점인 신도림역에서 사람들이 모두 내리고 열차 안에 불이 꺼지면 엄마는 눈이 휘둥그레지며 나를 안고 허겁지겁 내렸다. 사람들을 붙잡고 개봉역을 가려면 어떡해야 하는지 묻고 또 묻는다. 그렇게 다시 또 한 번의 열차를 기다린다.

　"엄마! 집에 언제 가?"

어린 나는 엄마를 보챈다. 안 그래도 불안한 엄마의 마음이 요동쳤을 것이다. 열차가 온다. 재촉하는 딸의 말 한마디에 행선지도 보지 않고 문이 열리니 이내 몸을 싣는다. 그런데 신도림역에서 세 정거장이면 도착할 목적지인데 한참이 지나도 개봉역은 보이질 않는다. 엄마는 초조하지만 방법이 없으니 마냥 '이번 역은 개봉역입니다'라는 방송을 기다릴 뿐이다. 10분 20분 30분… 하지만 개봉역 소리는 들리지 않는다. 엄마는 자주 신도림역에서 인천 방향이 아닌 수원 방향으로 가는 열차를 잘못 타곤 했다.

엄마의 무릎을 베고 지하철 의자에 앉아 1호선을 타고 집으로 가는 길. 어린 나도 너무 오래 걸리는 시간이 이상하다 생각했지만 그저 엄마의 무릎에 의지한 채 끔뻑끔뻑 졸며 기다렸다. 어린 딸을 무릎 위에 눕히고 기다려도 기다려도 나오지 않는 목적지를 보며 엄만 얼마나 불안했을까. 엄마는 그저 기다리면 개봉역이 나오는 줄 알았다.

"이거… 개봉역 안 가요?"

"안 가요. 잘못 타셨네. 내리셔서 반대 방향 거 타세요."

"아이고매! 큰일 났네!"

그렇게 엄마와 함께 외출을 할 때면 항상 한 시간 거리는 두 시간이 되어 겨우겨우 집에 돌아올 수 있었다.

엄마의 배경은 도통 바뀌는 일이 없어 삶의 범위 그 1km를 벗어날 때면 엄마는 외딴 곳에 떨어진 아이처럼 모든 것을 낯설어했다. 나는 종종 그때의 엄마의 초초했던 표정과 지벅거렸던 발걸음이 생각난다. 엄마의 목적지가 없었던 수원 방향 1호선 열차 안에서 멍하니 개봉역 방송만을 기다렸던 그 모습이 잊히질 않는다. 어렸지만 엄마의 표정을 보고 무언가 잘못 가고 있다는 것은 알 수 있었다.

어른이 되고 나는 절대 엄마 혼자 지하철을 타게 하지 않는다. 주름진 엄마의 손을 땀이 날 정도로 꼭 잡고 모시고 다닌다. 내가 어릴 적 그랬던 것처럼 엄마는 내 손을 잡고 종종 나를 잘도 따라온다. 다행히도 내가 모시고 엄마와 함께 타는 지하철은 가는 방향 속에 목적지가 있고, 한 시간 거리는 한 시간 만에 잘 도착할 수가 있다. 자리가 나면 엄마를 앉히고 안내방송 대신 내 목소리를 듣고 엄마는 일어난다.

"엄마! 이제 내리자."

내 손을 꼭 잡은 엄마는 이제 아무리 먼 곳을 간다고 해도 더 이상 불안해하지 않아도 된다.

엄마와 함께
목욕탕

뜨겁고 차갑고 아프고, 따뜻해졌던 곳

엄마는 어린 나를 데리고 일주일에 한 번 목욕탕에 가는 시간을 살뜰히 챙겼다. 그것은 내가 가슴이 나오고 브래지어를 하고 키가 자라고 엉덩이가 커진 후에도 마찬가지였다. 나는 목욕탕 안에서 어릴 때는 뭣도 모르고 엄마가 옷을 벗겨주면 춥다며 징징댔고, 사춘기가 지난 후에는 내 스스로가 옷을 벗고는 이상하게 부끄러운 마음이 들어 툴툴댔다. 그곳에서는 누구나 다 발가벗고 있었는데 왜 나만 수줍었는지 모르겠다.

엄마는 38도와 43도의 탕 중 항상 43도의 뜨거운 열탕에 한참을 앉아 있었다. 들어가기 전 오른손으로 물을 한두 번 퍼서 가슴에 적셔보고는 아이고 뜨거라! 하면서도 바로 목까지 몸을 담갔다. 나는 그 옆에 있는 38도 탕에 들어갔는데 그마저도 뜨거워 처음에는 발만 넣어 걸터앉아 있다가, 시간이 좀 지나면 겨우 앉았다가, 엄마가 옆에서 목까지 푹 담가야 때가 잘 분다며 핀잔을 주면 뜨겁단 말이야! 하며 겨우 가슴까지 탕 속으로 들어가 앉았다. 그렇게 나는 38도 온탕에 엄마는 43도 열탕에 몸을 담그고 서로를 바라보고 앉아 있었다. 내가 나중에 엄마 나이가 되면 뜨거운 열탕도 저렇게 한 번에 바로 들어갈 수 있을까를 생각했다.

나는 미지근한 게 좋은데 엄마는 항상 뜨거운 걸 좋아했다. 국도 항상 팔팔 끓여야 맛이 더 좋다고 했고, 갓 쪄낸 고구마도 입천장이 다 델 정도로 뜨거운 상태에서 먹어야 된다고 했다. 살이 델 정도로 뜨끈한 아랫목 바닥에 앉는 것도 좋아했고, 목욕탕에서도 무조건 제일 뜨거운 탕에 들어가야 좋다고 했다.
엄마는 한참의 시간을 열탕에 있다 나와서 바로 또 냉탕으로 향했다. 흰 바가지에 찬물을 퍼서 머리 위에 붓고는 아이고 차거라! 하면서도 또 바로 목까지 몸을 담갔다. 열탕에서는 가만히 앉아 있었지만 냉탕에서는 탕 안을 방방거리며 제자리 뛰기를 했다. 그래야 혈액순환에 좋다며 부지런히 손을 휘젓고 다리를 움직였다. 그러다 한 번씩 손잡이를 잡아 당겨 천장에서 센 물줄기가 나오면 어깨를 대고 마사지를 했다. 나에게도 해보라며 손잡이를 당겨주었는데 어린 나는 그 물줄기가 닿으면 너무 아파 도저히 서 있을 수 없었다. 어른이란 엄마처럼 뜨거운 것도 차가운 것도 아픈 것도 잘 참아야 하는 사람 같았다.

엄마는 나에게 열쇠를 맡기고 먹고 싶은 음료수를 사오라고 했다. 나는 돈을 내지 않고 열쇠를 내밀고 무언가를 받아오는 그 일이 너무 부끄러워 싫다고 했다. 그러면 엄마는 나를 보고 애가 왜 저렇게 부끄러움이 많냐며 으이구! 하며 탕 밖으로 나갔다. 그렇게 항상 엄마는 얼음이 가득 담긴 매실음료에 빨대 두 개를 꽂아 다시 탕 안으로 들어왔다. 엄마가 탕을 나갔다 들어오면 팔에 차고 있던 열쇠가 없어져 있었다. 목욕탕 안에서는 열쇠가 돈 같은 거구나 생각했다.

한참 동안 탕에서 몸을 불리고 나오면 엄마는 나를 하얀 의자에 뒤돌아 앉혀놓고 때를 밀어줬다. 내가 아무리 살살 밀어달라 애원해도 엄마는 최선을 다해 내 등을 싹싹 밀었다. 엄마 아파! 아이고 때 봐라 때! 엄마 살살! 아이고 때 좀 봐 때! 내가 무슨 말을 해도 엄마의 말은 모두 '때'로 끝났다. 그렇게 나의 온 살을 다 밀어주고 난 후 엄마는 자신의 때가 다 밀린 것처럼 개운하다 말했다.

그렇게 일주일에 한 번씩 엄마는 딸을 데리고 목욕탕에서 몸을 불리고 때를 밀어주고 음료수를 사 먹이고 집으로 돌아왔다. 시간이 지나고 점점 밀어야 할 딸의 살 면적은 넓거나 길어졌을 것이다. 그러다 그 딸이 많이 넓고 길어진 후에는 함께할 수 없었을 것이다. 다 자라버렸고, 독립을 했고, 결혼을 했기에 이제 일주일에 한 번씩 목욕탕에서 엄마가 했던 그 일은 끝나버렸다.

가끔 친정집에 갈 때면 엄마는 농담 반 진담 반으로 나에게 목욕탕에 가자고 한다. 그럼 나는 집에 가야 한다고 말한다. 엄마집도 내가 살았던 집인데 이상하게 시간이 좀 지나면 내 집에 가고 싶어진다. 목욕도 내 집에서 하고 싶다. 엄마 밥 먹고 엄마랑 함께 있는 것도 좋은데 내 집에 오는 것도 좋다. 다 커버린 딸의 스위트 홈은 이제 엄마가 없어도 완성된다. 집이 최고야. 이 말은 어느새 내 집에 돌아와야 내뱉는 말이 되었다.

지금도 여전히 엄마는 가끔씩 목욕탕에 가겠지만, 혼자 열탕과 냉탕을 오가고 혼자 때를 밀고 혼자 빨대를 하나만 꽂은 음료수를 마시고 돌아올 것이다. 가끔 전화로 혼자 목욕탕에 다녀왔다는 얘기를 들을 때마다 나는 엄마와 마주했던 온탕과 냉탕이 생각난다. 그곳에서 이제 엄마는 아이고 뜨거라! 아이고 차거라!는 여전히 내뱉겠지만, 아이고 때 봐라!는 말하지 않을 것이다.

딸의 살갗을 자주 만지거나 밀어주거나 볼 수 없는 시간이 오면 엄마의 마음은 어떨까. 어릴 때의 자식은 온몸을 만져주고 토닥여주어야 커질 수 있었는데, 어느덧 자신의 몸보다 더 넓어지고 길어진 딸의 몸을 보면 어떤 기분이 들까. 엄마의 손길 없이는 아무것도 할 수 없었던 어린 날의 나는 다 커버린 후 엄마의 쓰다듬 없이도 잘 지낼 수 있어졌다.

하지만 나의 살갗은 엄마의 손길을 기억하고 있는지 가끔 엄마가 내 손을 잡고 안아주고 등을 쓰다듬어줄 때면 발가벗은 목욕탕 안에서처럼 부끄러우면서도 개운한 생각이 든다. 엄마가 내 살을 만져주면 마음이 싹 씻기는 것 같다.

어릴 적 엄마가 나에게 해주었던 것처럼 내가 엄마의 살을 만져주고 보듬어주었던 적이 언제였던가. 왠지 그 일은 목욕탕에서 핑계 삼아 더 잘할 수 있을 것 같아 엄마를 모시고 꼭 목욕탕에 다시 가야겠다는 생각이 든다.

엄마와 함께 43도의 열탕에 몸을 푹 담그고 나란히 앉아 도란도란 한참 동안 얘기를 나누고 싶다. 엄마의 등도 최선을 다해 밀어주고, 열쇠를 맡기고 빨대 두 개를 꽂은 음료수도 내가 사오고, 냉탕에서 물줄기 어깨 마사지도 해보며, 엄마의 마음까지 깨끗하게 닦아드리고 싶다.

엄마의 십만 원

버는 것 대신 아끼는 것으로 돈을 버는 엄마

엄마는 카드를 쓰면 큰일이 나는 줄 아는 사람이다. 신용카드, 체크카드 구분 없이 엄마에게 카드는 카드다. 긁으면 빚쟁이가 되는 줄 안다. 아무리 설명을 해드려도 평생 천 원 한 장, 만 원 한 장 직접 손으로 건네고 잔돈을 챙겼던 엄마는 물건을 사고 카드를 내면 쭈뼛쭈뼛 어색해하고 잘못 찍히는 건 아닌지 더 찍히는 건 아닌지 걱정투성이다.

"엄마. 카드로 계산해!"

"안 돼! 큰일 나! 현금 있어. 이걸로 내."

카드는 다음 생에 쓰는 걸로. 엄마에게 계산은 지폐로 가능한 일이지 카드로 되는 일이 아니다.

　몇 년 전 엄마는 큰 결심을 했다. 김치냉장고를 사겠다고 다짐한 것이다. 적지 않은 가격에 몇 달을 고민하다 본인이 만드는 반찬 중 가장 양도 많고 중요한 김치를 위해서 엄마는 큰 작정을 했다. 집 근처 매장에서 가격을 물어보니 그나마 저렴한 제품이 팔십오만 원 남짓. 팔만 원도 아니고 팔십만 원이라 엄마에게는 정말 정말 큰 결의가 필요했다.
　"김치냉장고가 너무 비싸다…."
　"엄마 이게 제일 싼 거야. 한번 사면 평생 쓸 거잖아. 맨날 신 김치만 먹을 거야? 걱정 말고 사. 아빠도 사라고 했잖아!"
　"그치 평생 쓸 거니까? 김치 넣을 데도 없는데… 그치?"
　사야 할 이유는 여러 가지였고 사지 못할 이유는 한 가지였다. 바로 돈. 팔십오만 원. 시장에서 장을 볼 때 만 원 한 장에도 벌벌 떠는 엄마인데 여든다섯 번을 벌벌 떨 만도 했다. 아침에 일어나서도, 밥 먹을 때마다 김치를 보면서도, 밤에 자기 전에도 '김치냉장고를 사야 되는데…'를 중얼거리며 엄마는 스스로를 다독였다. 그렇게 큰맘을 먹고 결국 엄마와 함께 김치냉장고를 사러 매장에 갔다. 참 오래도 걸렸다. 엄마는 한 번 더 이것저것 꼼꼼히 살펴보시더니 마음에 들어 하셨고 직원에게 구매하겠다고 말했다.

"계산은 어떻게 해드릴까요? 할부 해드릴까요?"

직원이 묻자 엄마는 갑자기 표정이 진지해지더니 신중하게 손가방에서 돈뭉치를 꺼내 조심스럽게 내밀었다.

"이거 팔십만 원이에요. 이건 오만 원. 세어보세요. 내가 은행에서 뽑아 와서 안 틀리고 맞을 거예요. 나도 세봤어요. 팔십 장이야."

만 원짜리 팔십 장 돈뭉치. 엄마는 김치냉장고를 사려고 아침 일찍 은행에 다녀오셨다. 팔십만 원을 찾아 손가방에 고이 넣어 매장까지 손에 꼭 쥐고 오셨다. 귀여운 엄마. 백만 원이 넘는 물건이었다면 수표로 끊어 오셨을까?

"카드로 하셔도 되는데 이걸 다 뽑아 오셨어요?"

"안 돼! 카드 안 돼요. 현찰로 해줘요."

어쩐지 엄마는 평소에 길거리를 걸을 때 내 손 잡는 걸 좋아하는데, 그날은 매장에 가는 동안 손가방을 꼭 쥐고는 앞만 보고 걸어가셨다. 김치냉장고를 사러 가는 날. 아침 일찍 눈 뜨자마자 은행에 들러 팔십만 원을 찾아 집에 와서 한 장 한 장 세보았을 엄마. 사려고 마음먹는 것도 어렵고 사는 것도 어렵다. 한 번의 결정과 한 장의 카드면 될 것을.

그 후 여러 번의 설명과 설득 끝에 엄마는 이제 현금인출기로 돈도 찾을 수 있게 되었고, 가끔 체크카드도 쓰신다. 하지만 신용카드는 여전히 꿈도 못 꿀 일이다. 그런데 돈 찾을 때 금액은 항상 십만 원이다. 그 이상 찾을 일은 김치냉장고 정도는 사줘야 가능한 일. 엄마의 통장에는 100,000, 100,000, 100,000, 일렬종 대로 줄맞춰 숫자들이 찍혀 있다. 엄마에게 제일 큰돈은 십만 원이다. 가끔 내가 용돈 십만 원을 드리면 두 눈이 휘둥그레지며 "아이고! 뭘 이렇게나 많이 줘!" 하신다. 기쁘다. 십만 원으로 생색낼 수 있어서.

엄마가 생을 살며 단 한 번이라도 걱정 없이 돈을 내어본 적이 있을까? 천 원을 낼 때도, 만 원을 낼 때도, 십만 원을 낼 때도 엄마는 매번 망설인다. 엄마에게 돈은 세상에서 가장 꺼내기 힘든 물건이었다. 아빠가 한 달에 한 번 노동 값으로 받은 월급을 엄마에게 내밀 때면 엄마는 그 돈뭉치를 받아들고 속으로 결심하셨을 것이다. 이 돈을 최대한 적게 그리고 오래 쓰리라. 엄마는 그 결심을 평생 실천하며 집안 살림을 하고 뒷바라지를 해왔다. 그런 결의가 없고서야 저렇게나 신중하고 조심스럽게 내밀수 없다. 김치냉장고를 사려고 팔십만 원 돈뭉치를 꺼내던 엄마의 느린 손짓과 굳은 입술, 비장한 표정을 나는 기억한다.

엄마는 버는 것 대신 아끼는 것으로 돈을 마련했다. 엄마가 아껴낸 돈은 아빠의 월급과 같다. 엄마는 오늘도 은행에서 십만 원을 찾아 가방에 넣고 만 원, 만 원 한 장씩 꺼내어 그 돈을 쪼개고 쪼개 천천히 쓸 것이다. 그걸 생각하면 나는 만 원짜리를 두

툼하게 찾아 엄마 손가방에 넣어드리고 싶다. 옷 주머니에도 넣고, 서랍에도 넣고, 가방에도 넣고, 넣어둘 수 있는 모든 곳에 다 채워드리고 싶다. 그래서 엄마가 아끼지 않고 만 원 만 원 마음껏 꺼내 쓰실 수 있게 가득 가득 채워드리고 싶다. 엄마를 생각하면 나는 만 원짜리가 많은 사람이고 싶다.

엄마의 부업

뭐라도 해야 했던 엄마의 삶

엄마는 주부라는 직업을 제외하고 평생 다른 직업이 없었다. 직업 대신 '부업'이 있었다.

초등학교 때부터 우리 집 한쪽에는 무언가가 잔뜩 쌓여 있었고 엄마는 똑같은 동작을 반복했다. 내가 학교에 갈 때도, 집에 와도, 밥을 먹어도, 심지어 잠이 들 때도 엄마는 쪼그려 앉아 똑같은 팔놀림을 하고 또 하고 계속했다. 좁디좁은 우리 집에는 그때의 나는 알 수 없는 이상한 부품들이 가득 쌓여 있었고, 그것들은 내가 큰방에서 작은방을 지나갈 때, 작은방에서 화장실을 향할 때 자꾸만 발에 채여 많이 따가웠다. 큰 포대 자루 하나가 비워지면 엄마는 또 다른 포대 자루를 열어 바닥에 쏟아냈고 다시 똑같은 동작을 반복했다. 엄마의 팔은 기계처럼 빠르고 똑같이 움직였다. 속도만큼 돈이 됐기에 엄마는 화장실을 다녀오고도 옷도 제대로 추스르지 않은 채 앉았고, 내 밥을 차려주고도 본인은 먹지 않고 앉았다. 팔이 저려올 때, 허리가 뻐근할 때, 한 번씩 집 안 천장을 올려다볼 뿐이었다.

"엄마 뭐 해?"

"응. 부업해."

부업이 어떤 일인지는 몰라도 적어도 똑같은 동작을 끊임없이 반복해야 하는 것임을 어린 나는 일찍이 눈치챘다.

내가 커갈수록 엄마의 부담도 커져갔을 것이다. 아빠는 동트기 전 집을 나가 해가 지면 집에 왔고, 주말도 휴일도 없이 일을 했지만 살림살이는 나아지지 않았을 것이다. 엄마는 뭐라도 해야 했을 것이고, 그 '뭐라도'에는 엄마의 상황과 배경 속에서 직업이라 불릴 만한 일은 어려웠을 것이고, 결국 부업이 엄마의 직업이 됐을 것이다. 집안일과 일을 동시에 할 수 있는 것은 엄마에겐 부업이었다.

나는 빈혈이 심해 앉았다 일어나면 머리가 항상 핑 돌았다. 일요일 아침, 잠에서 깬 나는 내 방에서 일어나 문을 열고 거실로 나갔는데 순간 앞이 하얘지며 아무것도 보이지 않았다. 쿵 하는 충격과 함께 정신이 들었는데, 나는 바닥에 엎어진 채로 있었고 왼쪽 턱에는 피가 줄줄 흐르고 있었다. 놀란 엄마가 방에서 뛰쳐나왔다. 쓰러진 내 몸 옆에는 엄마의 부업 부품들이 흐트러져 있었다. 나는 순간 빈혈로 쓰러져 왼쪽 턱에 엄마의 부업 부품이 박혀 찢어진 것이었다.

엄마는 아직도 내 왼쪽 턱에 찢어진 상처를 볼 때마다 가슴이 찢어진다고 했다. 그때 찢어진 것은 내 얼굴만이 아니었다.

"내가 그때 부업만 안 했어도 우리 딸 예쁜 얼굴에 상처가 없었을 텐데…."

내 상처는 엄마의 부업을 부끄럽게 만들었다. 나는 한동안 엄마를 볼 때 오른쪽으로만 돌아보았다.

어린 나는 엄마가 부품에 무언가를 끼는 것을 가만히 쪼그려 앉아 보고 있었고, 그러면 엄마는 나에게 "해볼 거야?"라고 물었다. 나는 "응!"이라 대답하고 그 부품을 만지작거리며 엄마 옆에서 놀았다. 장난감 대신 부업거리를 가지고 노는 어린 자식을 보며 그때의 엄마는 무슨 마음이셨을까.

엄마가 하루 종일 부업을 해서 받은 돈은 겨우 몇만 원이었고, 아빠가 하루 종일 노동을 해서 받은 돈도 겨우 몇만 원이었다. '겨우'의 가늠이야 사람과 상황에 따라 다르겠지만, 적어도 자식인 내가 생각했을 땐 어렵게 힘들인 것에 비해 너무 터무니없어

보였다. 나는 그 '겨우'의 돈을 책 몇 권 혹은 밥 한 끼로 소비한 적이 많았다. 왜 엄마와 아빠는 하루 종일 일을 하고도 '겨우'였을까.

아빠의 직업과 엄마의 부업이 지금의 나를 키웠는데 나는 그 직업과 부업이 얼마나 고된 일인지 가늠하지 못했다. 아빠는 매일 노동을 반복했고 엄마는 계속 동작을 반복해 몇만 원을 받았는데 나는 그 수당이 얼마인지 어림잡지 못했다.

나의 부모가 겨우 몇만 원의 돈을 불리는 방법은 '반복'밖에 없었는데 노동의 강도와 공들인 시간에 비례해 월급도 일당도 늘어났다면 그 고난은 조금이나마 줄어들었을까. 아빠의 직업과 엄마의 부업을 생각하면 이상하게 나는 자꾸만 뭘 원망해야 하는지도 모른 채 무언가를 미워하며 겨우 화를 삭였다.

엄 마 의 장 면

공장에서 퇴근해 주방으로 출근했던 엄마

나는 자주 맥락 없이 어떤 순간만을 기억한다. 가령 제주도에서 3년 가까이를 살았지만 푸른 초원에 덩그러니 나무 한 그루만 있는 휑하지만 꽉 차 있던 그곳의 풍경만 기억이 난다. 그 나무가 있는 동네 이름이나 가는 방법은 기억나지 않는다. 매번 이런 식이다. 누군가와 아주 맛있게 먹은 꼬막비빔밥은 기억하는데 그 가게 이름이 무엇인지 어디에 있는 곳인지는 생각이 잘 안 난다. 맛을 음미하며 감격스런 표정으로 내 앞에서 맛있게 먹던 친구의 얼굴은 생생히 기억나는데 말이다. 그래서 내 기억의 대부분은 멈춰 있는 순간이고 장면이다. 흐름이 없고 이어짐이 없다. 아주 아주 단편적이다. 먼 훗날 혹시라도 내가 소설을 쓸 수 있는 능력이 생긴다면 그건 처음부터 끝까지 단편일 것이다.

　엄마는 좁고 긴 계단을 헥헥거리며 올라왔다. 어린 나는 그 깊이가 가늠이 잘 안 돼 입구에서 내려다볼 뿐 차마 내려가볼 생각을 하지 못했다. 엄마도 그 까마득한 아래에서 나에게 절대 내려오지 말라고 말했다. 위험하다고. 하지만 엄마는 그 위험한 계단을 매일 오르내려야 했다. 내가 초등학교 1학년 때 엄마는 좁고 긴 계단을 내려가야 하는 집 근처 장난감 조립 공장에 다녔다. 나는 학교에 입학을 했고 엄마는 공장에 취직을 했다. 엄마는 내가 유치원생일 때는 집에서 부업을 했고 초등학생이 되자 공장에서 작업을 했는데, 내가 중학생이 되면 공장에서 퇴근하고 집에서 부업을 하게 될까 마음 쓰였다. 자식이 커간다는 것은 부모가 노동에 노동을 얹어야 하는 일일까. 그렇다면 나는 자라나고 싶지 않았다.
　그곳에서 엄마는 장난감 로봇 부품을 조립하고 스티커를 붙이는 단순 작업을 반복했다. 내가 학교를 마칠 시간보다 조금 일찍 퇴근을 했는데, 엄마는 항상 일을 하면서도 밥을 챙길 수 있는 일거리를 찾아 부단히도 노력했다. 내가 집에 있을 땐 엄마도 주로 집에 있었으니까. 항상 밥을 차려주고 집안일을 했으니까. 내가 아무리 또래에 비해 일찍 철이 들었다 해도, 밥과 집안일의 영역은 이른 성숙과는 다른 범위였다. 그건 엄마의 영역, 엄마의 영역이라고 생각했던 영역, 엄마가 최선을 다했던 영역이었다. 나를 키우며 일과 집안일을 엄마는 모두 성실히 해냈다. 육아와 노동 그리고 가사노동까지 세 명 몫의 일을 혼자 감당하며 엄마의 생기는 세 배씩 빠르게 소진되었을 것이다.

대부분 엄마는 나보다 먼저 집에 도착해 있었지만 가끔 일이 많을 땐 내가 먼저 집에 도착해 있을 때도 있었다. 집에 들어갈 때마다 항상 본능적으로 "엄마!" 하고 부르며 들어가곤 했는데, 가끔 그 부름에 대답이 없을 때면 나는 조용한 집 안에서 조용히 있었다. 엄마를 기다렸다. 그렇게 조용히 있다 보면 소란스레 엄마가 들어올 걸 알았다.

"아이고! 우리 딸 밥 해줘야지!"

집 문을 열자마자 주방으로 또 출근하는 엄마. 싱크대 물소리, 쌀 씻는 소리, 가스레인지 켜는 소리, 그릇을 꺼내고 냉장고를 여는 소리. 부엌에서 들려오는 부산한 소리만큼 엄마의 손길도 급해졌다. 밥과 반찬을 같이 만들고, 청소와 설거지를 동시에 하고, 퇴근과 출근을 이어 해야 했던 엄마. 엄마는 분명 공장에서 퇴근을 했는데, 퇴근을 하고 집에 왔는데, 그런데도 항상 바빴다.

어느 날은 학교를 마치고 집에 돌아와 "엄마!" 하고 불렀는데 대답이 없었다. 나는 대답이 없으면 기다려야 한다는 것을 배웠다. 기다리면 어떤 소리가 곧 들려올 거라고 믿었다. 그렇게 집에서 조용히 앉아 있는데 갑자기 세찬 빗소리가 들려왔다. 그 소리는 엄마가 집에 온 것만큼이나 시끄러웠다. 엄마보다 비가 먼저 왔던 날. 나는 이 비를 맞고 올 엄마가 걱정돼 우산을 들고 엄마의 공장으로 향했다. 입구에 도착했지만 공장 아래로 내려가는 계단은 여전히 까마득했다. 좁고 깊었고, 하나 둘 셋 몇 개를 세어보다 실패했다. 우산을 접자 빗물이 계단 아래로 떨어졌지만 어딘가에 닿는 것 같지는 않았다. 너무 깊으면 흩어진다는 것을 알았다. '내려오지 마! 위험해!' 빗물의 끝 좁고 깊은 계단 아래서 엄마가 외치는 것 같았다. 나는 집에서 그랬던 것처럼 계단 입구에서 다시 조용히 엄마를 기다렸다. 얼마 지나지 않아 엄마가 계단 아래 그 깊은 곳에서 나와 나를 올려다보았다.

"오매! 우리 딸 왔어야!"

까마득한 아래에서 엄마의 모습이 보이고 목소리가 들려왔다. 그리고 엄마는 그 깊은 계단을 엘리베이터를 탄 것처럼 쑥 하고 빠르게 올라왔다. 계단 맨 위에 딸이 우산을 들고 기다리고 있었으니까. 이상하게도 그때의 엄마는 헥헥거리며 올라오지 않았다.

"아이고! 비 온다고 우리 딸이 엄마 마중 나왔어?"

엄마에게 효도를 한 것 같았는데 나는 조금 슬펐던 기억이 있다. 좁고 긴 까마득한 계단. 어린 나는 한 번도 내려가 보지 않았던 계단. 그곳이 정확히 동네 어디쯤인지, 어느 공장인지 잘 기억나지 않는다. 그 계단만이 선명히 기억날 뿐. 그 계단 아래서 힘겹게 올라왔던 엄마의 헥헥거리는 소리와 모습이 기억날 뿐이다.

그 장면을 떠올린다. 그 장면을 머릿속에 정지시켜놓고 앞뒤를 더듬으며 써 내려간다. 그러면 그제서야 맥락을 짚을 수 있다. 그때 엄마의 마음을, 그때 나의 감정을 짐작해볼 수 있다.

깜깜한 지하 계단을 한없이 내려가 그곳에서 장난감 부품을 조립하고 스티커를 붙여 받은 돈으로 엄마는 나에게 또 다른 장난감을 사주었을 것이다. 일이 끝나고 매일 숨차게 올랐던 계단이었지만, 딸의 하교 시간보다 일이 늦게 끝나는 날이면 더 숨차게 올라왔을 것이다. 그런데도 그 숨을 고르지 못하고 밥을 하고 자식을 챙겼을 엄마. 공장에서 퇴근해 주방으로 출근했던 엄마.

나는 가끔 아래로 내려가야 하는 가파른 계단 앞에 설 때면 엄마가 떠오른다. 계단이 있던 엄마의 장면. 그 장면을 생각하면 앞 뒤 맥락 없이도 조용히 기다리게 된다. 엄마가 저 아래에서 올라올 것만 같다.

엄마는 다시 태어나면
뭐 하고 싶어?

엄마의 생각은 둘, 나의 생각은 하나

매년 유월이 시작되면 엄마는 햇마늘을 주문한다. 집에 도착한 '산지직송'이라 적힌 상자를 열어보면 빨간 망에 마늘이 가득 담겨 있었다. 엄마는 그 망을 꺼내어 베란다 천장에 걸려 있는 빨래건조대를 내려 하나하나 걸었다. 유월에 입는 티셔츠에는 마늘 냄새가 났다. 그렇게 며칠을 햇볕에 말리고 나면 신문지 위에 잔뜩 쌓아놓고 껍질을 하나하나 벗긴다. 엄마에게 마트에서 돈 주고 사는 깐마늘과 간마늘은 없다. 직접 일일이 껍질을 벗겨내 하얗게 만들고, 작은 절구에 넣은 후 찧어 노랗게 만든다. 하얀 통마늘은 간장을 부어 장아찌를 만들고 노란 다진 마늘은 봉

98

지에 담아 냉동실에 얼려둔다. 유월 엄마의 손가락에서도 늘 마늘 냄새가 났다.

그날도 어김없이 엄마는 베란다에서 마늘껍질을 벗기고 있었다. 내가 쳐다보는 줄도 모르고 한참 동안 마늘 손질을 하고 있던 엄마. 나는 둥근 엄마의 등을 바라보다 문득 궁금해졌다.

"엄마. 엄마는 다시 태어나면 뭐 하고 싶어?"

"뭘 뭐 하고 싶어!"

엄마는 단 한 번도 생각해본 적 없는지 그저 웃으며 무슨 대답을 해야 할지 몰라 한다.

"아니. 엄마 생각해봐! 다시 젊게 태어나면 엄마 뭐 해보고 싶은지!"

"뭐 하고 싶냐고? 암~ 것도 안 하고 싶어!"

"아무것도 안 하고 싶어?"

아무것도 안 하고 싶다 대답하는 순간에도 바쁘게 마늘을 찧고 있는 엄마. 그래서 아무것도 안 하고 싶으신 걸까. 나는 한 번 더 물어본다.

"왜 아무것도 안 하고 싶어! 하고 싶은 거 없어?"

"음… 돈 벌고 싶어!"

"돈 벌고 싶어? 돈 벌어서 뭐 하려고?"

"돈 벌어서 밥 먹어야지! 먹고살라믄 벌어야지!"

평생 가사노동을 했는데, 가사노동 말고 뭘 하고 싶냐 물으니 그냥 노동을 하겠다는 엄마. 생각해보니 그 대답이 맞는 것 같으면서도 참 엄마답다는 생각이 든다.

"엄마. 그럼 뭐 해서 돈 벌고 싶어?"

"뭐 해서? 음… 회사 다닐까? 아니면 공장 다닐까?"

엄마에게 돈은 회사를 다니거나 공장을 다녀야만 벌 수 있는 것. 그래서 그렇게도 내가 회사에 취직하길 바라셨던 것일까. 차마 딸에게 공장에 다니라는 말은 못해 회사를 다녀라 말씀하셨던 것일까. 회사와 공장. 나는 엄마의 선택이 두 개라서, 엄마가 알고 있는 단어가 그 두 개라서, 마음이 두 갈래로 갈라진다.

"니 아빠가 평생 돈 벌었으니까… 다음에는 내가 벌어야지….."

아! 엄마. 엄마의 그 말 한마디에 이번에는 내가 무슨 대답을 해야 할지 모르겠다. 아빠 아니면 딸. 나는 엄마의 생각이 두 개라서, 엄마의 생각이 아빠와 딸뿐이라서, 그 속에 엄마 자신은 없어서, 마음이 한 번 더 세 갈래로 갈라진다.

엄마가 가사노동을 하는 이유도 아빠와 딸 때문이고, 엄마가 노동을 하겠다는 이유도 남편과 자식 때문이다. 왜 엄마의 모든 동기와 명분은 그 둘에 한정되어 있을까. 나는 엄마가 한 번이라도 자기가 먹고 싶어 음식을 했으면 좋겠고, 자기가 사고 싶어 돈을 썼으면 좋겠다. 아무것도 안 하고 싶은 것이 아니라, 뭐라도 하고 싶어 했으면 좋겠다. 40년을 넘게 그렇게 생각하고 행동해온 탓일까. 그렇다면 앞으로의 시간들에는 아빠와 내가 없었으면 좋겠다 싶은 마음도 든다.

아빠는 평생 노동을 했고 노동만을 생각하며 살았다. 엄마는 평생 가사노동을 했고 지금도 가사노동을 하고 있다. 나는 나만 생각했고 지금도 내가 제일 중요하다. 부모의 노동으로 자라난 자식은, 부모도 노동도 아닌 자신만을 생각한다. 이 모순. 이런 이기심. 그래서 자식은 평생 부모보다 생각도 마음도 좁은 것이다.

엄마는 생각이 아빠와 딸 둘뿐이었지만, 나는 생각이 나 하나뿐이다. 둘도 못 된다. 그래서 나는 자식이다. 그래서 나는 부모님을 생각하면 마음이 여러 갈래로 갈라진다.

3 장

나의 이야기

자식은 항상
부모보다 늦다

겨우 가늠해보는 부모의 시간들

부모에 대한 나의 짐작은 항상 늦고 예상보다 초라하다.

나는 자라나며 한 번도 엄마가 가족들이 모두 나간 후 혼자 집에서 어떻게 밥을 먹는지 생각해본 적이 없고, 아빠가 일터에서 어떤 시간들을 보낼지 짐작해본 적이 없다. 자식이 부모의 보이지 않는 시간들을 헤아리기 시작하는 건 부모의 곁을 나와 혼자 밥을 먹어보고 돈을 벌어보기 시작하면서부터가 아닐까? 하지만 그것조차 짐짓 가늠해볼 뿐 모두 내가 없었거나, 어렸거나, 몰랐을 시간들이다.

엄마의 밥상을 마주했던 그날을 선명하게 기억한다. 대학 졸업 후 첫 사회생활. 매일 아침 바쁘게 나가버리는 딸을 위해 뭐라도 갈거나 섞어 먹였던 엄마. 화장대 앞에서 출근 준비를 하고 있으면 거울 위에 요구르트를 놔주고, 허겁지겁 집을 나서는 현관문에서 마시고 가라며 사과 주스를 내밀고, 어깨에 멘 가방 속에 빵을 넣어주었던 엄마였다. 엄마는 매일 아침 출근할 직장이 없었는데 나와 똑같이 일어나 출근 준비를 했다.

매일 저녁 퇴근 후에는 지쳐 들어오는 딸을 위해 찌개를 끓이고 반찬은 꼭 종류별로 세 가지 넘게 만들어 내주었던 엄마. 이거 먹어봐. 이게 몸에 좋은 거야. 이것도 맛있어. 엄마는 자꾸만 내 앞에 놓인 반찬 그릇의 위치를 바꿔가며 내가 최대한 다양하게 많이 먹길 바랐다.

하루는 출근 후 몸이 너무 좋지 않아 어쩔 수 없이 일찍 조퇴를 하고 집에 들어간 적이 있었다. 문을 열어보니 엄마는 찬밥에 물을 말아 김치 하나를 놓고 허공을 바라보며 씹고 있었다. 엄마의 밥상에는 찌개도 그릇도 젓가락도 없었다. 그 찬물에 만 밥마저 내가 아침에 남기고 간 것이었다. 엄마는 그렇게 평생을 남편과 자식을 위해 한가득 밥상을 차리고 자신은 그저 한 가지 반찬으로만 허기를 채웠다. 내가 집을 나선 후 집 안에 있을 엄마를, 집 안에서 혼자 매일 그렇게 밥을 먹었을 엄마를 상상으로라도 짐작해보지 못했다. 나는 자주 밥을 남겼는데 그 밥은 항상 갓 지은 따뜻한 밥으로 돌아왔다.

아빠의 출근길을 마주했던 그날을 선명하게 기억한다. 내가 아침에 눈을 뜨면 아빠는 항상 없었다. 평소보다 일찍 일어나도, 더 일찍 일어나도, 아빠는 여전히 출근을 한 후였다. 그렇게 아빠는 내가 일어나면 집에 없는 사람이었다. 보통의 삶의 패턴을 가진 사람들에게 새벽 첫차는 특별한 일이나 사정이 생기지 않는 이상 잘 타지 않게 되기 마련이다. 대부분의 것들이 멈춰 있고, 많은 이들이 잠들어 있을 시간. 그렇게 아빠는 항상 남들보다 빠른 시간을 살았다. 하긴 그 첫차를 운전하는 분들도 있으니 세상은 항상 누군가보다 이르다. 나 또한 첫차를 탈 일은 거의 없었고 대학 시절 편입 공부를 하겠다고 굳은 마음을 먹고 학원을 다니게 됐을 때야 첫차를 타게 되었다. 무언가를 이루기 위해서는 남들보다 이른 시간을 살아야 한다는 것을 알았기 때문이다. 아빠는 뭘 이루기 위해 매일 이른 시간을 살았을까. 자식을 키우기 위해 이른 시간을 살아야 했겠지. 그렇게 아빠의 시계는 항상 나보다 빨랐다.

알람 세 개를 맞춰놓고 겨우 눈을 뜬 후 집을 나서 허겁지겁 지하철역으로 뛰어 들어가 문이 닫히기 직전에 첫차를 겨우 탔다. 숨을 고르고 고개를 들어보니 건너편 의자에 아빠가 눈을 감고 앉아 있었다. 차마 아빠라 부를 수도 깨울 수도 없었다. 그러기에 아빠는 너무 피곤해 보였다. 지하철 의자에서의 쪽잠이 아빠의 피로를 조금이나마 풀어주길 바랐다.

아빠는 첫차도 문을 열고 처음으로 들어가는 사람이었고, 나는 첫차도 문을 닫고 가까스로 들어가는 사람이었다. 이른 새벽 첫차를 나는 '겨우' 탔는데 아빠는 '매일' 탔다. 그동안 나에게 아빠는 그저 일찍 출근하는 사람이었지 그 '일찍'이 첫차였는지는 생각으로라도 짚어보지 못했다. 생각해보면 부모 앞에 일찍은 아무것도 없었다. 자식은 항상 부모보다 늦다. 후회는 말 그대로 항상 뒤늦게 오는 감정이어서, 도저히 앞으로 오는 법이 없어서, 너무나 늦게 부모의 일상을 알아차리며 뉘우칠 뿐이다.

내가 눈으로 마주하기까지 엄마는 몇 번의 허기를 '겨우' 채웠고, 아빠는 몇 번의 첫차를 '으레' 탔을까? 자식은 항상 부모보다 늦다.

나에게 필요했던

부모의 품

혼자인 건 익숙하지만 서러운 건 익숙해지지 않아

스물여덟. 광주 MBC에 합격했다. 그 전에도 방송 경력은 있었지만 드디어 공중파 입성! 이제 진짜 아나운서가 된 것 같아 너무 기뻤다. 하지만 꿈을 이룬 기쁨과 동시에 이제부터 혼자 타지생활을 해야 한다는 자각이 밀려왔다. 좁은 집, 그보다 더 좁았던 나의 마음 때문에 성인이 되고 난 후 매일 독립을 꿈꿨는데 갑작스럽게 자의가 아닌 타의로, 서울이 아닌 전라도 광주에서 혼자 살 생각을 하니 조금 막막하기도 했다. 나는 독립의 꿈을 이룬 기쁨보다 갑자기 떨어지게 된 부모와의 생활이 허망했다.

합격 통보를 받고 바로 그다음 주부터 출근을 해야 했으므로 급하게 이삿짐을 트럭에 싣고 내려갈 준비를 해야 했다. 영원히 못 볼 것도 아니지만 이제 매일 볼 수 있는 것도 아니었기에 눈물은 날 수밖에 없었다. 미워하는 마음과 원망하는 마음이 가득했던 부모였지만 그들은 나의 부모였기에 멀어지는 거리로도 떨어질 수 없는 마음이 남아 있었다.

'아휴… 우리 딸 아쉬워서 어뜩해… 이제 진짜 혼자 살아야 하네….'

"잘 가라."

엄마의 혼잣말과 아빠의 한마디. 그 말들을 뒤로하고 차에 올랐다. 차 문을 닫고 나니 어찌나 눈물이 나던지. 나에게 독립은 이제 더 이상 부모에게 의존하지 않는 그런 의미가 아니었다. 나에게 독립은 부모로부터 내가 나가는 것이 아닌 내 속에 있던 부모를 떼어놓는 일이었다.

흐르는 눈물을 닦으며 사이드미러를 보는데 돌아서는 아빠가 눈물을 훔치고 있었다. 와르르 무너졌다. 광주로 내려가는 차 안에서 대성통곡을 했다. 행여나 해외 취업이 됐다면 나는 정말 큰일날 뻔했다. 열여덟도 아니고 스물여덟의 다 큰 딸이 독립을 한다는 건 사실 울 일도 아닌데, 그때의 부모님은 딸에게 아무것도 손에 쥐여주지 못하고 내려 보내는 마음에 눈물이 났을 것이고,

나는 나에게 의지하며 사는 부모가 이제 나 없이 잘 살 수 있을까라는 생각에 눈물이 났다. 그렇게 광주로 내려가는 트럭 안에서 참 많이도 서럽게 울었다.

　서른하나. 제주 MBC로 이직을 하게 되어 제주도에서 혼자 두 번째 타지생활을 시작하게 됐다. 이번에는 섬이다. 광주에서 2년 동안 지내며 타지생활에 적응도 됐고, 처음 내려올 때 부모님을 보고 흘렸던 눈물이 무색해질 정도로 혼자 지내는 삶은 아주 만족스러웠다. 하지만 또 다시, 그것도 섬에서 혼자 살아야 할 생각을 하니 조금 막막해지기도 했다. 남들은 나를 보고 제주도에 사니 좋겠다며 부러워했지만 삶은 여행과 다르다. 나는 제주라는 섬에서 혼자 '살아야' 했다. 이제 와 생각해보면 제주살이 역시나 너무나 좋았지만 가끔 창밖을 보며 이 길을 따라 걸어 나가면 저 앞엔 더 이상의 땅이 없다는 사실이, 내 눈앞에 보이는 선이 지평선이 아닌 수평선이라는 사실이 믿기지 않았다. 서 있는 것이 아니라 떠 있는 것 같았다. 나는 섬에서 혼자 살고 있구나. 문득문득 외로워지기도 했다.

　어쨌든 문제는 이사였다. 짐이 아주 많은 것도 아니었지만 적은 것도 아니었기에 육지에서 육지가 아닌, 육지에서 바다를 건너가야 하는 이사는 간단치 않은 문제였다. 차도 있었고 짐도 있었고 바다를 건너지 못한 마음도 있었다. 이삿짐센터를 알아보니 백만 원이 훌쩍 넘는 비용이 만만치가 않아 큰 짐들은 우체국에 부치고 남은 생필품들은 차에 가득 밀어 넣었다. 냄비와 국자부터 선풍기까지 물건들을 가득 밀어 넣은 내 차는 사이드미러도 백미러도 잘 보이지 않을 정도였다. 그 차를 끌고 광주에서 완도로 겨우겨우 운전을 하고 완도 선착장에서 배에 차를 실었다. 그제야 비로소 조금 안심이 되었던지 나는 배가 고파 선착장 앞 식당에 들어가 오후 1시에 아침을 먹었다. 백반을 시키니 진짜 12첩 반상이 눈앞에 차려졌다. 심호흡을 하고 밥을 먹기 시작했다. 한참 밥을 먹고 있는데 식당 아주머니가 오시더니 나에게 물었다.

"아이고! 어린 처자가 혼자 어딜 가나?"

"제주도로 이사 가요."

"혼자서? 아이고 밥 많이 먹어요. 모자라면 더 줄게!"

"네. 감사합니다."

까만 쌀밥을 숟가락으로 뜨고, 조기를 한 점 젓가락으로 떼어 내 올리고, 미역무침도 집어 오물오물 씹어 먹는데 갑자기 눈물이 났다. '나는 왜 이 모든 걸 혼자 하고 있는가.' 너무너무 서러웠다. 아빠는 지방에서 일을 하고 있었고, 엄마는 혼자 차 탈 줄을 모른다. 투정스런 마음에 원망이 올라왔다. 나는 이 모든 상황을 이해하면서도 이해할 수 없었다. 밥상 앞에서 한참 동안 씹지 못하고 부모님을 탓했다. 아빠가 미웠고 엄마는 더 미웠다. 아빠는 더더 미워졌고 엄마는 더더더 미워졌다. 생각의 길이만 큼 미움이 자꾸만 보태어졌다.

혼자 하는 건 아무래도 익숙했지만 서러운 건 아무리 해도 익숙해지지 않았다. 흐린 날씨에 비까지 내리고 출렁이는 파도를 보며 제주도로 내려가는 배 안에서 나는 2년 전 그때처럼 서럽게 울었다. 엄마는 나에게 많이 미안해했다. 제주도로 혼자 이사해야 하는 딸에게 엄마가 가겠다고, 가서 도와주겠다고 얘기하지 못하는 자신이 원망스러웠을 것이다. 마음으로는 이삿짐을 싸고, 짐을 풀고, 방바닥을 닦고, 그릇을 정리하고, 따뜻한 밥상까지 차려냈을 엄마다.

그걸 알아서. 엄마가 혼자 기차를 타고 비행기를 탈 수 없는 걸 알아서. 나는 엄마에게 도와달라고, 내려와달라고 말하지 못했다. 자식을 두 번이나 타지로 보내며 돈도 쥐여주지 못하고 가보지도 못하는 부모의 마음은 오죽했을까. 그 마음을 모르는 것이 아니었기에 나는 꾸역꾸역 혼자 육지에서 짐을 싸고 섬에서 마음을 풀었다. 사실 아무렇지 않은 척했지만, 광주와 제주에서 혼자 원룸에 앉아 짐을 풀 때 나는 누군가가 필요했다. 그 누군가가 나의 엄마 혹은 아빠였으면 하고 바랐다. 사실 나는 도움보다 모든 걸 혼자서 다 하지 않아도 된다고 말해주는 누군가의 위로가 필요했다.

나이를 먹어도 시간이 지나도 자식은 자식이기에 부모의 손길이 그리운 건 어쩔 수 없는 일이다. 엄마의 품과 아빠의 맘은 다 커버린 자식에게도 불쑥불쑥 필요한 것이 아닐까. 나는 부모가 있었지만 부모가 필요했다. 혼자는 익숙했지만 혼자여서 서러운 건 끝까지 익숙해지지 않았다.

엄마와 아빠의
제주도 여행코스

호강하는 딸내미

제주로 이사한 그 해 여름, 엄마는 63년 만에 아빠는 67년 만에 제주도를 처음 와봤다. 결혼식이 없었으니 신혼여행도 없었던 엄마와 아빠는 그 흔한 제주도 여행을 하는 데 60년이 넘게 걸렸다. 그것도 자식이 제주에 사니까 그제야 비행기를 타볼 수 있었다. 저 멀리 남미여행도, 유럽여행도, 오지 탐험도 아닌데 참 오래 걸렸다.

비행기 티켓을 끊어 엄마 아빠에게 알려드리고 신분증을 잘 챙겨 비행기를 타고 조심히 내려오시길 몇 번을 당부 드렸다. 김포공항에서 입국장은 잘 찾으실지, 다른 게이트에서 기다리다 비행기를 놓치는 건 아닌지 걱정이 앞섰다. 부모님이 내려오시는 내내 기다리면서도 기다릴 수 없었다. 일찍 제주공항에 나가 아직 착륙하지도 않은 비행기의 출발 도착 화면을 바라보고 출국장 문이 열릴 때마다 엄마 아빠를 찾았다. 애타는 마음은 뭐라도 하게 한다. 노심초사 한 시간을 기다렸다.

아빠는 귀가 잘 안 들리지만 눈은 밝다. 길도 잘 찾고 새로운 곳에 가도 금방 잘 적응한다. 엄마는 귀는 잘 들리지만 길눈은 어둡다. 매번 헤매고 가본 곳도 낯설어한다. 그러니 두 분이 함께 어딘가를 가는 일은 문제가 없다. 아빠가 잘 찾고 엄마가 잘 듣고, 아빠가 앞서고 엄마가 뒤따라가면 잘 도착할 수 있다. 걱정이 되면서도 그걸 알아 안심이 되었다. 나중에 들은 이야기였지만 비행기를 처음 탄 엄마는 자꾸만 귀가 막힌다며 힘들어하셨고, 그때마다 아빠는 '코를 막고 쎄게 흥을 해봐봐!'라고 시켰다고 한다. 엄마와 아빠는 기내에서 몇 번의 '흥'을 알려주고 하셨을까. 코를 잡고 서로를 바라보며 흥! 흥! 하셨을 부모님을 생각하니 웃음도 나고, 꽤나 귀여운 모습이었을 것 같다. 나는 엄마에게 귀가 막힐 땐 침을 꿀꺽 하고 삼켜도 괜찮아진다고 알려드렸다.

그렇게 부모님이 제주공항에 오셨다. 아니 그런데 이게 웬걸. 1박 2일 머물다 가실 건데 아빠 손에 짐 가방이 한가득이다. 무슨 짐을 저렇게 바리바리 싸오셨나 속으로 의아했다. 어쨌든 나는 부모님 인생 60년이 넘어서야 해드리게 된 효도관광에 의욕도 넘쳤고 효심도 충만했다. 성산일출봉? 천지연폭포? 주상절리? 아니 아니 맛있는 횟집부터 모시고 가고 싶었다. 그런데 엄마는 자꾸만 집부터 가자며 나를 보챘다.

"빨리 집에 가자! 니 집부터 가! 얼른!"

효도관광 의욕은 나만 넘쳤다. 그렇게 집에 도착했는데 엄마는 아빠의 묵직한 가방을 열더니 주섬주섬 하나둘 뭔가를 꺼내셨다. 짐 가방 안에는 배추김치, 파김치, 멸치볶음, 오이지까지 최대한 길고 오래 두어도 괜찮을 반찬과 김치가 끊임없이 나왔다.

"엄마! 이게 다 뭐야? 그게 다 반찬이었어?"

반찬을 다 꺼내고 나니 김치 냄새가 밴 옷 두 벌과 칫솔 두 개가 남았다.

그렇게 엄마의 제주도 첫 번째 여행코스는 딸 집의 냉장고 방문이었고, 아빠의 첫 번째 임무는 창문과 현관문 단속이었다. 엄마는 냉장고에 반찬을 가득 다 채우고 나서야 안심을 하셨고, 아빠는 창문을 열고 닫고, 현관문도 열었다 닫았다 몇 번을 해보시더니 겨우 안심하셨다. 여태껏 어떻게 참으셨을까. 나는 이렇게 또 한 번의 불효를 한다. 일찍 하면 효도 늦게 하면 불효다. 진즉에 모시고 올 것을. 진즉에 제주 구경도 시켜드릴 것을 후회한다.

엄마는 자기의 반찬이 오래오래 딸의 냉장고에 담겨 있길 바랐고, 아빠는 최대한 많이 그 반찬을 담아 서울에서 제주까지 날라다 주길 바랐을 것이다. 온통 반찬으로 채워져 있던 짐 가방을 보며 나는 짐작했다. 그렇게 냉장고를 채우고 나서야 우리 가족은 제주도 여행을 시작할 수 있었다.

엄마와 아빠를 차에 태우고, 산도 바다도 숲도 보여드렸다. 엄마와 아빠는 산을 볼 때도, 바다를 볼 때도, 숲을 볼 때도, 이렇게 말씀하셨다.

"아이고! 우리 딸 덕분에 호강하네!"

나는 그런 부모님께 비싼 다금바리 회도 흑돼지 모둠세트도 다 사드리고 싶었다. 이곳저곳을 구경시켜 드리고 엄마가 가고 싶다던 숲속에서 엄마 아빠 손을 꼭 잡고 한참을 걷고 있는데 갑자기 엄마는 멈춰서더니 허리를 숙이고 무언가를 꺾기 시작했다.

"엄마 뭐 하는 거야?"

"아이고! 여기 고사리가 지천이네. 지금 고사리 철이잖아. 이거 넣고 육개장 끓여 먹으면 맛있겠다!"

결국 제주에 오신 부모님께 모든 걸 사드릴 준비가 돼 있는 딸내미는 저녁 메뉴로 엄마가 꺾은 고사리가 담긴 육개장을 먹었다.

짧은 이틀의 시간 동안 엄마는 제주까지 와서 시장을 가고, 장을 보고, 국을 끓였다. 설거지를 하고, 청소를 하고, 빨래를 했다. 그리고 아빠는 서울로 돌아가는 공항에서 딸에게 지갑 안쪽 깊숙이 넣어두었던 오만 원을 꺼내 기어코 손에 쥐여주었다. 엄마는 어디에서든 딸에게 자기 손으로 밥을 해 먹여야 본인의 소임을 다했다 생각하고, 아빠는 어디에서든 돈을 벌어야 본인의 임무를 다했다 생각하시는 듯했다. 공항에서 부모님 배웅을 하고 돌아서는데 그 마음들이 헤아려져 나도 함께 비행기를 타고 싶었다.

부모님이 올라가시고 집으로 돌아와 화장실에 가보니 치약이 두 개다. 내 치약 옆에 아빠가 챙겨온 치약이 있다. 아빠에게 전화를 걸었다.

"아빠! 치약 가지고 왔던 거 깜빡 놓고 갔네? 그러게 내가 칫솔만 가져오랬잖아."

"너 쓰라고. 치약도 살라믄 다 돈이야."

부모의 사랑은 치약까지 닿는다. 제주까지 와서 호강하는 건 부모님이 아니라 나라고 나는 계속 중얼거렸다.

118

나 의 첫 차 ,
나 의 첫 새 차

차가 생겼다, 부모님을 위해 시동을 건다

나의 첫 차는 2003년식 하얀색 SM3 오백오십만 원짜리 중고 차였다. 나는 그 차를 2012년 겨울에 장만했다. 지방에서 혼자 지내려면 차는 있어야 한다는 주변 선배들의 조언에 중고차매 매단지에 가서 급하게 구매했던 차였다. 나온 지 10년이 다 되어가는 중고차를 보고 새 차처럼 좋아 날뛰었던 나는 연식과 종류에 상관없이 차가 생긴다는 것 하나만으로 어른이 된 것 같은 기분이 들었다.

차값 오백만 원. 오천만 원도 아니고 오백만 원이었지만 수중에 가진 돈이 없었기에 중고차 할부대출을 받았다. 대학생 때 받은 학자금 대출을 직장인이 되면 갚을 줄 알았는데 중고차 대출을 받게 되었다. 가진 게 없어 누군가와 어딘가로부터 자꾸만 무엇인가를 빌려야 했던 이십 대였다. 아무렴 어때, 나도 '자차운전자'가 되었다. 비록 10년 된 중고차였지만 운전할 때만큼은 이미 갓 출시된 신형 세단을 타는 느낌이 들었다. 월급을 받아 열심히 빚을 갚았고, 액셀을 밟아 열심히 쏘다녔다.

우리 집은 차가 없었다. 때문에 엄마나 아빠가 운전하는 차를 타고 함께 어딘가를 가는 일은 나에게는 그저 부러움이었다. 고등학생 때는 야간 자율학습이 끝나면 학교 앞에서 창문을 내리고 얼른 타라며 손짓하는 친구의 엄마와, 주말에는 동네에서 아빠가 운전하는 차를 타고 가족끼리 어딘가를 가는 친구와 마주쳤다. 멋진 차의 외형이나 빠른 속력보다, 차에 타고 있는 사람에게 질투가 났다. 나는 차가 없어 일상의 배경이 단조로웠고, 차가 없기 때문에 매일의 풍경이 바뀌기 힘든 것만 같았다. 그때의 나에게 차는 갖고 싶은 것이 아니라 그저 타고 싶은 것이었다.

차는커녕 운전면허조차 없는 부모님은 마중, 여행, 드라이브라는 단어와는 아주 먼 삶을 사셨다. 아직도 웬만한 거리는 걸어 다니시고, 택시는 돈이 아깝다며 잘 타지 않으시는 부모님이 안쓰러웠다. 평생을 열심히 걸었고, 걸음 수만큼 아꼈고, 늙어갔다. 시간과 체력보다 돈을 아끼고 싶어 하는 아빠와 엄마의 그 마음이 참 속상했다.

그러니 나에게 차는 단순히 욕심의 대상이 아니었다. 부모님이 많이 힘들이지 않고 멀리 갈 수 있길 바랐고, 나도 내가 원할 때 언제든 삶의 범위를 넘어서 어딘가로 훌쩍 떠날 수 있길 바랐다. 차는 나와 우리 가족의 배경을 확장시켜주는 동력 같았다. 그러니 처음으로 갖게 된 10년 된 중고차 앞에서 나는 벅찰 수밖에 없었다.

차가 생긴 후로 부모님을 태우고 어딘가를 갈 때면 엄마 아빠는 굉장히 신나 하셨다. 날씨가 좋으면 은근히 어디라도 나가자 하셨고, 전화를 끊을 때마다 항상 운전 조심하라는 당부도 잊지 않으셨다.

그렇게 폐차 직전까지 첫 중고차를 탄 후, 나도 드디어 꿈에 그리던 새 차를 타게 되었다. 어찌나 기쁘던지. 집 앞 슈퍼도 차를 끌고 가고 싶었고, 10분에 천 원씩 받는 비싼 유료주차장도 문제없었다. 이 기쁨을 부모님과도 나누고 싶었다.

새 차를 끌고 부모님 댁에 갔다. 엄마 아빠는 내가 도착하기 한참 전부터 주차장에 나와 나를, 아니 차를 기다리고 계셨다. 반짝반짝 빛나는 새 차 앞에서 부모님은 나만큼이나 기뻐하며 만지고 닦고 흐뭇해하셨다. 아빠는 휴대폰을 꺼내 찰칵 찰칵 계속 내, 아니 차 사진을 찍었다. 사진첩을 보니 딸 사진보다 차 사진이 훨씬 많다. 드라이브를 하고 집에 돌아와서도 엄마는 베란다 아래 아파트 주차장에 세워진 내 차를 내려다보며 저 차가 네 차냐며 좋아하셨다.

부모님과 시간을 보내고 집을 나섰다. 그런데 차 앞 유리에 불법 주차 딱지가 붙어 있었다. 아 맞다. 이제 부모님 집은 내 집이 아니지. 아파트 입구에서 방문증 발급받는 걸 깜빡했다. 어쩔 수 없이 집에 가서 떼야겠다고 생각하고 있는데, 갑자기 엄마와 아빠가 허겁지겁 집으로 다시 올라가는 게 아닌가. 그러더니 한 손에는 뜨거운 물이 담긴 세숫대야를, 한 손에는 프라이팬 뒤집게를 들고 내려왔다. 물을 뿌리고 스티커를 긁어내고, 행여나 자국이라도 남을까 조심조심하며 순식간에 앞 유리에 붙은 스티커를 말끔하게 제거했다. 마치 처음부터 안 붙어 있었던 것처럼 깨끗하게 떼고 나서야 부모님은 이제 조심히 몰고 가라며 안심하셨다. 백미러로 보는데, 멀어지는 부모님 손에 들려 있는 하얀 세숫대야와 검은 뒤집게가 양쪽으로 흔들리고 있었다. 차가 본인들의 눈에서 완전히 사라질 때까지 계속 계속 손을 흔들고 계셨다.

차를 타고 집으로 오는 내내 생각했다. 내가 새 차를 모는 일은 곧 엄마 아빠가 새 차를 타는 일이다. 아빠는 살아오면서 딸이 무언가를 새로 장만하고 이루는 모습을 보며 자기가 이룩한 것처럼 기뻐하셨고, 엄마도 그런 나를 기특해하셨다. 자신들이 해주지 못한 것을 자식이 스스로 해내는 일은 자식에게도, 그리고 부모에게도 큰 동기와 성취가 된다. 부모님은 내가 대학교에 갈 때도, 취업을 했을 때도, 아나운서가 됐을 때도, 두 팔을 번쩍 들어 올려 나를 와락 껴안고 기뻐하셨다. 엄마와 아빠가 기뻐 기쁘다. 뿌듯하고 행복하다.

일요일 아침 엄마에게 전화가 왔다.

"새우젓을 한 통 사야 되는데 아빠가 소래포구 가면 싸고 좋다고 하드라…."

엄마의 새우젓과 아빠의 소래포구로 완성된 네 글자, 드라이브.

나는 못 이기는 척 차 키를 챙겨 시동을 건다. 본가에 도착하니 이미 아파트 입구까지 나와 있는 부모님이 보인다.

"아빠가 뒤에 타세요!"

"응. 알았어!"

흔쾌히 대답을 한 아빠는 차 '앞문'을 열고 앉아 단단히 안전벨트를 맸다.

"희정이가 뒤에 타라고 했잖아, 이 사람아!"

엄마가 뒷좌석에 타며 말한다. 내 차는 운전석 옆 앞좌석이 나란히 두 개였으면 싶다. 앞자리 쟁탈전에 우리 가족은 출발 전부터 웃음이 나고 신이 난다.

천천히 가자며 너무 세게 밟지 말라는 아빠의 당부가 오른쪽 귀로 들려오고, 한산한 도로에서 신호대기를 하고 있는데 차가 막힌다며 걱정하는 엄마의 말이 뒤통수로 들려온다.

"엄마, 차 막히는 거 아니에요. 잠깐 신호 기다리는 거예요."

"그냐? 멈춰 있길래 막히는 줄 알았지."

차를 타고 운전을 하고 어딘가를 향하며, 나는 부모의 신선한 염려와 표현을 듣게 되었다. 그 말들이 새롭고 다정하고 좋았다.

이제 엄마와 아빠는 어딘가를 갈 때 걸어서가 아닌 딸내미 차를 타고 가고 싶어 하신다. 택시비 몇천 원도 아까워하시는데, 몇만 원 하는 기름을 넣어주겠다며 나가자고 하신다. 운전도 피곤한 일이라며 가끔 버스도 타고 지하철도 타라고 하시면서, 가끔씩 주말이 되면 꼭 차를 타보자고 하신다. 부모님께도 차는 소유가 아닌 자식과 함께 어딘가로 갈 수 있는 가장 좋은 핑계 같은 것이다.

알고 있다. 차가 아니라, 차를 운전하는 딸의 모습을 좋아하시는 거라는 걸. 차를 타고 딸과 함께 어디라도 가는 것을 행복해하시는 거라는 걸. 그 마음을 알아 나는 기쁘게 시동을 건다. 부모님께 달려간다.

철 든 딸

뭐든 알아서 하는 자식이 부모는 편했을까, 불편했을까

나는 일찍이 철이 들었다. 우리 엄마가 다른 아이들의 엄마보다 촌스러웠고, 우리 아빠가 다른 아이들의 아빠보다 초라했다는 것을 진즉에 알아차렸다.

초등학교 때 새 학년이 시작되면 담임선생님은 꼭 부모님께 보여드리고 써오라는 당부와 함께 가정 통신문을 나눠주었다. 학년 반 번호 이름과 집주소를 쓰고 나면 아래에 부모님의 직업과 학력을 쓰는 칸이 있었다. 혼자서는 채울 수 없었던 칸들. 태어나서 처음으로 부모의 배경을 언어로 인지하는 순간이었다. 엄마는 어디까지 학교 다녔어? 국민학교밖에 못 나왔어. 아빠는? 그것도 다 못 다녔지. 그렇구나. 왜 다 못 다녔어? 일해야 돼서 그랬지. 아! 의미를 가늠할 수 없는 나이였던 나는 모든 이해가 간단했다. 그대로 받아들이면 됐으니까. 아빠 직업은 뭐라고 써? 응 그냥… 회사원이라고 적어. 그냥? 응. 의미를 가늠할 수 있는 나이의 엄마도 이유가 간단했다. 나는 순간 엄마가 내 질문에 바로 '회사원이야'라고 말한 게 아니라 한참을 망설이다 '그냥 회사원이라고 적어'라고 하는 말에서 아빠가 회사원이 아닌 걸 알았다. 확실하지 않은 것들은 망설이게 되니까. 사실 아빠가 맨날 자기 전 서류가방이 아닌 연장가방을 챙기는 것을 보고 눈치채고 있었다. 다만 어린 나이에 그 일을 형용하는 단어를 몰랐을 뿐.

순진하고 단순했던 초등학생의 나는 엄마는 '국민학교 졸업, 주부' 아빠는 '국민학교 중퇴, 집 짓는 사람'이라고 적어 냈다. 그날 담임선생임은 나를 따로 불러 면담을 하자고 했다. 교무실에서 나를 앉혀놓고 선생님은 여기에 거짓말을 하거나 잘못 쓰면 안 된다고 혼을 내셨다. 뭘 잘못 썼다는 거지. 나는 정확하게 잘 썼는데. 우리 엄마 아빠의 학력과 직업은 내가 물어봐서 아는데, 모르는 선생님이 왜 그걸 잘못이라 하는지 이상했다.

결국 나는 엄마 아빠의 학력을 고졸로 고쳐 쓰고 아빠의 직업을 회사원이라 써서 다시 제출해야 했다. 흔적을 남긴 공적 거짓말. 그럴 수도 있는데 그럴 수 없다고 말하는 어른들의 말 속에서 어린 나는 지우개를 꺼내야 했다.

그때부터 철이 들기 시작했다. 내 부모의 배경을 인지하면서부터. 배움에는 두 가지 효능이 있는데 나도 그렇게 되어야지 하는 것과 나는 그렇게 되지 말아야지 하는 것. 나는 후자였다. 나는 초등학교 졸업을 하며 중학교가 아닌 대학교에 꼭 가야지 결심했다. 초등학교 6학년 나의 장래희망은 '대졸 회사원'이었다.

어린아이가 일찍 철이 들면 많은 것들을 생략하게 된다. 그래서 나는 많이 그리고 자주 알아서 했다. 그게 무엇이든. 뭐든 알아서 하는 딸이 엄마 아빠는 편했을까, 불편했을까? 사실 나는 부담스러운 딸이었다.

나는 어렸을 적 호기심도 많고 음악, 미술 같은 예체능을 좋아했다. 한 번 본 것도 똑같이 스케치북 위에 그렸고, 만화 주제가도 몇 번 들으면 똑같이 건반으로 쳤다. 학교에서 미술 선생님이 내 그림을 보고 재능이 있다며 미술반에 들어오라고 했는데 엄마에게 말하니 안 된다고 했던 기억이 난다. 미술반에는 매달 꼬박꼬박 내야 하는 재료비가 있었고, 엄마는 딸이 가진 재능의 기쁨보다 회비의 부담이 더 컸다.

친구들이 다니는 피아노학원에 따라갔다가 크고 긴 까만색의 피아노를 보고 온 날 엄마에게 피아노학원에 보내달라 졸랐다. 엄마는 고민을 하다 나중에 보내주겠다고 했다. 그날 밤 나는 하얀 스케치북 위에 피아노건반을 그려놓고 입으로 소리를 내며 피아노를 쳤다. 딸이 그린 종이피아노를 보며 엄마는 많이 속상했을 것이다.

그림 그리는 사람, 음악 하는 사람, 한때 나의 꿈이었던 이것들은 진학이나 직업으로 연결되진 못했지만, 그 후 나는 학교 밴드부에서 건반을 치며 공연도 했고, 간간이 취미로 그림도 그리며 내 방 한쪽 벽에 붙여놓기도 한다. 고등학교 때 음악이 좋아 음대에 진학하고 싶다고 했을 때 돈 없다고 말렸던 부모님이 처음엔 밉기도 했지만 이제는 나도 잘 안다. 생각해보면 나의 음악적 재능은 그렇게까지 뛰어난 것이 결코 아니었기에 음대를 가지 않는 편이 나았고, 갈 수도 없었다. 물론 형편이라는 현실적인 이유도 있었지만, 살아본 생이 짧았던 나는 당장을, 살아온 삶이 길었던 부모는 나중을 봤기에 가난한 형편이 자식에게는 남지 않길 바라는 마음이 커 좀 더 쉽게 좀 더 오래 할 수 있는 일을 하길 바랐을 것이다.

어른이 된 나는 결국 초등학교 때 결심했던 '대졸 회사원'의 꿈은 이루었고, 스스로 그만두었다. 어렸을 때 막연한 생각으로 대학교를 졸업하는 일과 회사에 취직하는 일은 우리 부모님이 하지 못한 일이라 엄청나게 큰일인 줄 알았는데 내가 해보니 그렇지도 않았다. 오히려 짧은 학력으로 수십 년의 시간 동안 한

가지 일을 해온 부모님의 직업이 누구나 할 수 없는 정말 지대한 것이었다. 어쩌면 이루는 것보다 유지하는 것이 더 힘든 일일지도 모른다.

나는 여전히 취미로 그림도 그리고 음악도 좋아하며 잘 살고 있다. 무대 위에서의 공연 대신 마이크를 잡고 사람들을 만나는 직업을 갖게 되었다. 악기를 만지는 대신 목소리를 다듬어 아나운서가 됐다. 말하는 건 돈 드는 일이 아니라 오롯이 내 입으로 할 수 있는 일이라 나는 충분히 잘 할 수 있었다.

한때의 결핍은 강한 욕구가 되어 나를 살게 했다.

충분히 사랑받으면
결핍이 없어진다 했던가

눈물도 웃음도 모두 부모님 덕분이었다

나는 서럽게 우는 데 선수다. 그 어떤 배우보다 더 서럽게 울
자신이 있다. 친구들은 내가 울면 '왜 우냐'가 아니라, '왜 이렇게
서럽게 우냐' 물었다. 모르겠다. 나는 한번 울음이 터지면 그 순
간 우는 것이 아니라, 쌓아두고 참아왔던 것들이 터지는 거라 오
랫동안 그리고 진짜 꺼이꺼이 서럽게 운다. 나는 삶이 슬픈 게
아니라 서러웠다. 여유가 없는 형편이 서러웠고, 무지한 부모가
애통했고, 철이 너무 일찍 들어버린 내가 서글펐다. 눈치가 빨라
어리광조차 부리지 못하는 아이, 갖고 싶은 것이 생겨도 사달라
부모에게 말하면 안 된다고 스스로 입을 틀어막은 아이, '해줘'

가 아니라 '내가 할게'라고 더 많이 말하는 아이. 어린 날의 나는 많이도 서러웠다.

어디에 부딪혀 상처가 나 아파도 갑자기 복받쳐 울고, 티브이나 영화를 보다가 슬픈 장면이 나오면, 그 부분이 슬퍼서 우는 게 아니라 그걸 핑계 삼아 울었다. 나는 울음에도 꼬투리가 필요했다. 내가 지금 우는 것은 내 삶이 서러워 우는 게 아니다. 이것 때문에 눈물이 나는 것이다. 상처, 티브이, 영화에 핑계를 붙여 스스로 위안했다. 그래서 한번 울려면 작정하고 울어야 한다. 내 사정을 잘 아는 누군가와의 만남이라던가, 친한 친구들과의 술자리라던가, 새벽 내 방에 혼자라던가, 그렇게 오래된 친구 앞에서, 술자리에서, 혼자서, 참 서럽게도 울었다.

나는 깨방정 떠는 데 선수다. 그 어떤 개그우먼보다 더 잘 떨어볼 수 있다. 그런데 친구들은 내가 깨방정을 떨면 '웃기다'가 아니라 '안 어울린다'라고 했다. 나는 원래 잘 웃고, 유쾌한 것이 좋고, 우스갯소리 하는 게 좋은데 가벼운 날들보다 무거운 날들이 많아서 그런가 가끔씩 그 무게를 줄일 때마다 어울리지 않는다는 소리를 들었다. 나는 푼수를 떨어야 나 같고, 상대방이 나를 보고 웃기다고 하면 엄청 뿌듯한데 보는 사람들은 아니었나 보다. 사실 나는 삶이 재미있는 게 아니라 재미있어야 했다. 매일 피곤해 지쳐 잠이 드는 아빠, 하루하루가 무료한 엄마. 그들에게 나는 생의 낙이 되어야 했다. 집안의 유일한 딸, 당차고 씩씩한 아이, '엄마!' '아빠!' 세상에서 제일 밝은 목소리로 자신들을 불러주는 존재. 나는 그들의 기쁨이 되어 기쁘고 싶었다. 일부러 기뻐지는 건 감정이 아니라 '척'인가. 친구들은 그걸 눈치채서 안 어울린다고 했나. 비록 빈도는 적어도 깨방정 떠는 나도 나인데, 가벼운 웃음이 어울리는 사람이고 싶었다.

내가 서러운 것은 부모님 때문이기도 했지만, 내가 명랑 쾌활한 것도 부모님 덕분이었다. 충분히 사랑받으면 결핍이 없어진다 했던가. 나는 나의 결여가 부모의 사랑으로 채워졌음을 이제야 알겠다. 그래서 내가 완성됐음을 너무나 잘 알겠다. 나는 많이 사랑받았다. 아버지는 자기 목숨을 걸고 나를 위해 노동했고, 어머니는 자기를 희생해 나를 위해 밥을 지었다. 그 노동과 밥은 가난과 무지를 넘기 위한 부모의 피나는 노력이었다. 그런데 지나온 나는 '지금의 나를 만든 건 부모가 아니라 나'라고 이기적으로 생각하며 자랐다. 혼자 크고 혼자 이뤘다 느꼈다. 부모는 걸림돌이 아니다. 걸림돌은 내가 주워 오는 것이다. 돌멩이는 휙이 휙이 던져버려야지 주머니에 담아두는 것이 아니다. 무겁고 힘들고, 무엇보다 나를 축 처지게 한다.

아빠는 어렸을 적 나를 '뽀동이'라 불렀다. 퇴근 후 돌아오면 "우리 뽀동이 줄려고 아스크림 사왔다!" 했다. 나는 그 애칭이

별로 마음이 들지 않았지만, 아빠 나를 항상 그렇게 불렀다. 그럼 엄마도 옆에서 아빠를 따라 나를 '뽀동이'라 불렀다. "뽀동아! 뽀동아!" 부르는 그 말은 넘치는 사랑이었다. 부모의 '뽀동뽀동'한 사랑으로 나는 잘 자라났다.

사랑이 뭐길래. 사랑은 뭐였다. 부모의 사랑은 모든 것을 다 괜찮게 만들었다. 다 괜찮아지려고 아빠와 엄마는 나를 그렇게도 사랑하셨나 보다. 그래서 다 괜찮아졌다.

대학생 때 친구를 집에 데려온 적이 있다. 문을 열고 들어오는 친구에게 엄마는 대뜸 "밥 먹었어?" 물었다. 안 먹었다고 하자 조금만 기다리라며 뚝딱 김치찌개를 끓여 친구와 나를 위해 밥상을 차려주었다. "김치밖에 없는데 그냥 먹어." 정말 김치밖에 없었다. 배추김치와 갓김치, 깍두기, 김치볶음, 김치를 넣은 찌개까지. 그런데 초딩 입맛 내 친구는 밥 한 그릇을 뚝딱 비워냈다. 친구를 배웅하는 길. 그 친구는 나에게 말했다.

"우리 엄마는 일 때문에 엄청 바빠서 맨날 뭐 시켜주거나 가끔 밥 해줄 때 스팸밖에 안 구워줬거든. 그래서 내가 초딩 입맛이야. 맨날 스팸만 먹어서."

문득 멋진 정장을 입고 비싼 외제차를 타고 학교 앞으로 친구를 데리러 왔던 친구 어머님의 모습이 떠올랐다. 그날 나는 친구가 부러워 집에 와 엄마에게 괜히 투정을 부렸었다. 나의 못난 질투가 왜 엄마를 향한 투정으로 바뀌었는지. 친구의 스팸 고백으로 그 질투는 싹 다 없어졌다.

김치밖에 내어주지 못하는 우리 엄마의 반찬과 스팸밖에 구워주지 못하는 친구 엄마의 반찬은 똑같이 맛있는 것이다. 김치가 가난한 반찬이고 스팸이 비싼 반찬이 절대 아니다. 친구가 김치를 질투하지 않고 맛있게 먹었듯이, 나도 친구의 스팸 반찬 또한 맛있게 같이 먹어야 한다. 우리 엄마의 김치와 친구 엄마의 스팸을 비교하며 내가 서럽게 울어서는 안 되는 것이다.

서러운 나의 눈물도 깨방정을 떠는 나의 웃음도 모두 다 부모님 '덕분'이라 생각한다. 하지만 나는 앞으로도 계속 깨방정을 떨고, 대신 서럽게 울지는 않기로 다짐한다. 어렸을 적 부모님이 왜 나에게 '뽀동이'라 불렀는지 그 이유를 알기에 나는 더 이상 삶이 서럽지 않다. 이제 어디에 부딪혀 눈물이 나도 그 상처가 아파 우는 것이고, 티브이나 영화를 보다 슬픈 장면이 나오면 그 장면이 슬퍼 운다. 그것들은 이제 내 핑계가 아니다. 나는 이제 내 삶이 서럽지 않다. 그렇다. 충분히 사랑받으면 결핍은 없어진다. 마땅히 있어야 할 것이 없거나 모자란 줄 알았던 지난 내 삶은 알고 보니 부모의 사랑으로 차고 넘치는 날들이었다. 이제 나는 깨방정을 떨며, 김치도 스팸 반찬도 다 맛있게 먹을 것이다.

서로가 서로를
보듬어주는 상담 요청

꿈은 빚지는 것이 아니라 빛나는 것이다

나는 초등학교 때부터 상담 요청을 잘 했다.

"선생님 저 드릴 말씀이 있는데요….."

"응 얘기해!"

"따로 말씀 드릴게요….."

그 상담은 선생님과 나 단둘이서만 하길 원했다.

가정 통신문을 받아들고 망설이는 나. 학교를 마치고 집에 돌아가 엄마에게 종이를 내밀며 읽어보고 사인하고 엄마 말 써서 달라고 얘길 하면, 엄마는 이게 뭐냐며 자기는 못 쓴다고 그냥 너가 써서 내라고 나에게 말했다. 텅 비어 있는 학부모 의견란.

그 칸을 보며 나도 망설였다. 내가 이걸 어떻게 써야 하지? 엄마는 의견이 있어도 쓸 수 없었다.

　엄마에게 보여드렸지만 흔적 하나 없는 가정 통신문을 들고 선생님께 제출을 하면 왜 보여드리지 않았냐, 왜 그냥 가져왔냐, 항상 물었다. 친구들의 가정 통신문에는 내 눈에 멋져 보였던 사인과 필기체로 '좋은 지도 편달 부탁드립니다'와 같은 문장이 적혀 있었다. 우리 엄마도 누구보다 자기 딸에게 좋은 지도를 해주길 속으로 바랐을 텐데, 글자로 표현되지 못한 마음은 그저 없는 마음처럼 보였다. 어김없이 선생님께 상담을 요청했고 엄마가 글씨를 잘 쓰지 못하는 사정을 말해야 했다. 학년이 올라가고 매해 받는 가정 통신문이 늘어나자 나는 어른 글씨체를 연습하기 시작했다. 귀찮았고, 그 사정을 또 반복하고 싶지 않았다. 흰 종이 위에 지도편달 지도편달 반복해 쓰고 ㄹ 자도 갈겨 써보며, 엄마를 대신해 내가 나를 바른 길로 가도록 잘 이끌어주시길 부탁드렸다.

　"이게 엄마 글씨체니?"

　하지만 어린아이가 밤새 연습한 글씨는 아무리 갈겨 쓴다 해도 서툴렀다. 내가 흉내 낸 어른 글씨는 어른스럽지 못했다. 나는 겨우 초등학생이었다.

　중학생이 되자 선생님은 형편이 어려운 친구들은 부모님과

상의해 학비감면신청서를 제출하라고 했다. 나는 그 얘길 듣고 부모님과 상의하지 않고 혼자 알아서 신청서를 제출했다. 상의하지 않아도 나는 나의 형편을 잘 알고 있었다. 행여나 친구들이 알까 혼자 적어 혼자 제출했던 신청서. 나의 학비감면신청서는 나 같았다.

"오매. 학비가 줄었어야?"

"응. 학교에서 알아서 해줬어."

"아이고야! 잘됐다!"

엄마는 기뻤지만 나는 서글펐다.

대학생 때는 학자금 대출을 받았는데, 부모님은 나의 한 학기 등록금이 얼마인지 내가 얼마의 대출을 받았고 얼마의 이자를 내야 하는지 알지 못했다. 내가 말하지 않았고 부모가 묻지 않았다. 서로가 서로에게 미안했기에. 아빠는 딸에게 등록금을 내줄 수 없어 미안하고, 나는 아빠에게 등록금으로 부담을 주기 싫어 미안했다. 나는 공부할 때마다 빚이 늘었다.

대학교 4학년이 되자 슬슬 취업에 대한 걱정이 몰려왔다. 나는 빚을 한가득 지고 졸업해 무엇을 해야 할 것인가. 꿈 앞에 쌓여 있는 빚 때문에 내 꿈은 빛나지 않았다. 빚진 내 꿈은 점점 어두워져만 갔다. 아나운서가 되고 싶었다. 아나운싱 수업에서 교수님의 칭찬을 들었고, 아나운서 준비를 해봐라 권유받았다. 꿈을 찾았지만 기쁘지 않았다. 걱정이 앞섰다. 그러던 어느 날 학교 교양 과목으로 목사님이 하는 수업을 듣게 되었다. 꼭 들어야 하는 필수교양 과목이었기에 어쩔 수 없이 들었다. 나는 종교가 없다. 그렇게 생각 없이 들어간 수업이었는데 가슴을 울리는 말들이 많았다. 꿈을 찾아 부단히 노력한 목사님의 강연을 듣고 마음이 동했다. 쉬는 시간 자판기에서 팔백 원짜리 오렌지주스 하나를 뽑아 찾아갔다.

"좋은 말씀 감사드려요."

"오 그래. 고맙다. 희정이는 주말에 뭐 하며 지내니?"

"아 저는 분당에서 아르바이트를 해요."

"그래? 우리 집이 분당인데, 이번 주말에 아르바이트 끝나면 연락해라. 맛있는 밥 사줄게!"

따뜻한 말로 나에게 연락처를 알려주셨던 목사님. 약속한 대로 주말 아르바이트를 끝내고 찾아간 나에게 맛있는 밥을 사주셨다.

"희정이는 졸업하면 뭐가 하고 싶니?"

나는 망설이다 아나운서가 되고 싶다고 했다. 그런데 아나운서 아카데미를 다니고 싶은데 수업료가 너무 비싸 고민이 된다고 했다. 먼저 마음을 열어 따뜻한 밥으로 나를 채워준 목사님께 나는 어느새 나의 형편과 꿈과 고민을 털어놓았다.

"아카데미 등록금이 얼마니?"

사실 나는 이백만 원이 넘는 아카데미 수강료 앞에서 꿈을 접고 있었다. 교수님의 칭찬과 권유를 받고 아카데미에 상담받으러 갔던 날. 부풀어 올랐던 나의 마음은 이백삼십만 원이라는 숫자 앞에서 줄어들고 있었다. 그런데 목사님이 묻고 있었다. 네 꿈의 비용이 얼마냐고. 다음날 내 통장에는 목사님의 이름으로 이백삼십만 원이 입금되었다. 팔백 원짜리 오렌지주스는 이백삼십만 원의 수강료로 돌아왔다. 그날 내가 목사님께 오렌지주스를 건네지 않았다면 나는 아나운서가 못 되었을까? 아무래도 중요하지 않았다. 누군가 나의 꿈을 지지해주고 있다는 선명한 증거가 나를 다시 날아오르게 해주었다. 아나운서 시험에서 떨어질 때마다 오렌지주스를 떠올렸다. 못 할 것이 없었다. 다시 시험을 보고 또 도전을 하고, 결국 '임희정 아나운서'가 되었다.

생각해보면 삶의 서프라이즈 같은 인연들이 있었다. 상담 요청을 할 때마다 내 얘기를 깊게 들어준 사람들이 있었고, 아무런 조건 없이 나를 믿고 도움을 주었던 분들이 있었기에 나는 순간순간 동력을 얻었다. 내 꿈은 은행에 빚진 것이 아니라 고마운 인연에게 마음으로 빚졌다. 그 빚을 꼭 갚아 빛나는 내 모습으로 보답하고 싶었다.

이제 10년이라는 경력이 쌓이고 나도 아나운서 아카데미에서 선생님 소리를 들으며 학생들을 가르친다. 학생으로 수업을 들었던 강의실에서 펜을 들고 수업을 하고, 한때 내가 될 수 있을까 의심했던 시간들이 지나고 나아가게 되었다. '쌤'이라 불리며 누군가에게 훈수를 두기도 하는 일. 참 부끄러우면서도 마음이 가는 일이다.

수업이 끝난 후 내가 그랬듯 상담 요청을 해 오는 친구들이 있다. 그러면 나는 따로 얘기할까? 먼저 묻고 지그시 바라봐준다. 잠시 후 학생들은 그때의 나와 비슷한 고민들을 내 앞에 수줍게 꺼내놓는다. 내가 해줄 수 있는 것은 잘 들어주는 일. 이미 마음먹은 일 앞에서는 어떤 해결책도 방법도 필요 없다. 그저 그 마음먹은 일을 놓지 않고 잘 품어야 하는 것임을 알기에 놓지 말라 얘기해주고 보듬어줄 뿐이다. 상담 요청을 해온 학생들의 얼굴에서 나는 나를 본다. 얘기를 할 때마다 내가 나를 보며 다독여주는 것 같다. 잘 거쳐 가라고. 잘 거쳐 갈 수 있다고 토닥여준다.

상담이 끝난 후 고맙다 인사를 건네는 학생들은 하나같이 표정이 상기되어 있다. 10년 전 내가 목사님과의 상담 후 집에 돌아와 설레는 마음으로 다시 꿈을 다잡았던 것처럼, 다부진 입술로 "잘해볼게요!"라고 말하는 친구들은 이미 내 눈에는 다 아나운서다.

서로가 서로를 붙잡아주고 다독여주는 상담 요청. 한때 어릴 적 부끄러운 마음으로 내 사정을 말하며 한탄하는 시간이기도 했지만, 어느덧 꿈과 고민을 나누는 상담은 내가 감탄하는 시간이 되었다. 누구에게나 사정은 있는 거니까. 상담 요청은 부끄럽거나 주눅 드는 일이 아니다. 요청하고 요청받는 간절한 마음의 시간이다.

"선생님 저 드릴 말씀이 있는데요!"

수업 중 한 친구가 내 앞에서 손을 번쩍 들었다. 곧 꿈을 이룰 그 친구의 눈은 반짝반짝 빛났다.

삶 의 여 유

내 생의 가장 큰 여유 부리기, 글쓰기

또래보다 이런저런 삶의 경험도 많고, 걱정은 더 많고, 고뇌는 완전 많은 나는 웬만한 것들이 시시했다. 대부분의 것들은 별것 아니었고, 지인들의 고민과 친구들의 애씀은 다 나보다 덜해 보였다. 돈, 살아감을 주제로 벌려놓은 생의 놀이터 안에서 나는 시소도 미끄럼틀도 가장 열심히 탔다. 올라가고 내려가고 참 많이도 미끄러지며 어른이 되었다. 그러니 유유자적 그네 타고 모래 놀이하며 성을 쌓는 친구들이 미미했다. 그들을 무시하는 건 아니었지만 존중하지도 않았다. 나는 일찍이 애늙은이가 되었다.

여유가 없던 나는 친구들과의 대화에서 형편을 잘 읽었다.

"어제 아빠 차 타고 호텔 레스토랑에서 엄마 생일이라 가족 식사했거든."

'이 친구 아버지는 차도 있고 가족과 함께 레스토랑에서 생일 파티를 할 정도로 여유 있는 집안이구나.'

단어와 표현에서 친구들의 배경을 눈치챘다. 대학을 다니지 않은 사람에게 "몇 학번이세요?"라는 질문이 이질적일 수밖에 없듯, 내가 갖지 못한 것, 나에게 결핍된 것들은 더 도드라져 귀에 꽂히고 가슴에 새겨지기 마련이다. 출근길에 아빠가 태워다줬다는 친구들의 말, 휴가로 가족여행을 떠난다는 지인의 말, 부모님이 선물로 책을 사줬다는 동생들의 말. 그 속에 우리 엄마 아빠는 없었다. 이래저래 없는 게 많았던 나는, 나보다 많은 걸 가진 사람들과의 대화 속에서 자격지심도 부러운 마음도 함께 들었다.

그런 대화들 속에 처음에는 나도 있는 척을 했다가, 그저 고개만 끄덕이다가, 결국에는 입을 닫았다. 커갈수록 점점 생각이 못생겨졌다. 나는 부모에게 반항하는 큰 사춘기는 없었는데 나 스스로에게 저항하는 청춘의 시기가 길었다. 부족한 형편과 아무 지원도 해줄 수 없는 부모 아래 아등바등 악착같이 내가 다 해내버리리라 악다물었다. 남들보다 빨리 취업하길 원했고 돈도 많이 벌고 싶었다. 그래서 남들보다 빨리 앞서갔고, 주변 사람들에게 부러움도 샀고, 대단하다 소리도 많이 들었다. 부모가 챙겨주어야 할 영역들을 스스로 챙긴 아이들의 능력은 생각보다 높아서 나는 결국 내 꿈을 이뤄냈다. 무에서 유를 창조한 나. 빠릿빠릿, 똘망똘망, 야무진 나. 참 애썼다고 생각했다. 혼자 쌓아 올린 생각들은 자존감을 과하게 높이기도 했다.

그러니 하잘것없었다. 남자친구와 헤어졌다며 울고불고하는 친구의 아픔이, 엄마 카드 쓰며 부족한 것 없이 사는 친구의 취업 걱정이, 겨우 사랑이고 그깟 걱정이었다. 나에게는 다 사치처럼 느껴졌다. 고등학교 2학년 때부터 시작했던 아르바이트는 과외, 카페, 편의점, 식당 서빙까지 이어졌다.

자라오며 항상 돈은 나에게 지긋지긋하게도 따라붙는 풀지 못한 숙제 같은 것이었다. 꿈을 좇다가도 돈 때문에 그 방향을 우회하거나 틀기도 했다. 하고 싶은 일이 생기면 그 일 자체보다, 그 일을 하려면 얼마의 돈이 필요한지 계산부터 해야 했다. 나에게 용돈은 받는 게 아니라 버는 것이었다.

찢어지게 가난했던 것도 아니었지만, 영화 〈8마일〉 에미넴의 대사처럼 '꿈은 높은데 현실은 시궁창'처럼 느껴졌다. 높은 꿈을 좇아 나는 많이 뛰어야 했다. 그러니 마음을 고백해 오는 남자에게 콧방귀조차 뀌어주지 않았고, 면접 때마다 떨어진다는 친구를 보며 속으로 노력이 부족했다 의심했다. 다 어리석었다. 진짜 여유가 없었던 것은 돈과 생의 영역이 아닌, 내 감정과 심보의 영역이었다. 나는 뭐가 그렇게 남들과 다르고, 사정이 많고, 친구들보다 간절했을까. 뭐가 그렇게 시궁창처럼 느껴졌을까. 내가 나를 내몰아쳤다. 박한 나, 매정한 나, 사연 있는 나. 참 안쓰러워졌다.

생의 거품을 제거하는 방식이든 생의 금칠을 덧입히는 방식이든,
저마다 나답게 잘 살기 위한 몸부림이 치열하다.
…
삶은 명사로 고정하는 게 아니라, 동사로 구성하는 지난한 과정이다.
— 은유,《싸울 때마다 투명해진다》

내 지난 성장의 시간들은 누구보다 치열한 몸부림이었고, 수많은 동사로 가득한 문장이었다. 부모로부터 물려받은 가난과 무지가 내 앞날엔 남아 있지 않길 바라며 발버둥쳤던 시간들. 덕분에 나아졌고 때문에 힘들었다. 분명 지금의 나는 아등바등 빠릿빠릿 야무졌던 내가 있었기에 가능했고, 내가 하고 싶은 일과 할 수 있는 일, 잘 하는 일이 일치하는 사람이라 행복하다. 나의 과거는 걸림돌이자 동력이었기에 이만큼 나아졌고, 수그러졌고, 진보했다고 생각한다. 하지만 생각해보면 아등바등했기에 가능

했지만, 아등바등하지 않아도 가능하지 않았을까. 걱정과 한숨의 부피보다 격려와 믿음의 크기가 컸다면 좀 더 수월하게 지금의 내가 되지 않았을까. 결과는 조금 달라질 수 있겠지만, 과정은 좀 더 무난해졌을 것만 같다.

나와 비슷한 누군가가 나처럼 아등바등 악다물며 빠릿빠릿 야무져지고 있다면 말리고 싶다. 마음을 고백해 오는 누군가 다가온다면 발그레 사랑도 누려보고, 시소와 미끄럼틀 말고 누군가와 나란히 앉아 여유롭게 그네도 타며 놀아보라고 말해주고 싶다. 돌아갈 수 있다면 신나게 걱정 없이 한번 놀아보고 싶다. 놀라고 만들어놓은 터에서조차 지긋지긋한 돈과 미래에 대한 걱정과 씨름하느라 즐기지 못한 것이 많이 아쉽다. 나를 가장 힘들게 했던 것은 다름 아닌 나였다.

요즘의 나는 생의 가장 여유로운 시기를 보내고 있다. 적당한 노동과 플러스도 아니지만 마이너스도 아닌 생활. 무엇보다 글을 쓰며 살아가고 있다. 쓰는 사람. 내 생에 가장 큰 사치 같다. 이렇게나 큰 걱정 없이 별일 없이 쓰기만 할 수 있단 말인가. 내 앞에 놓인 현실에 밀려 뭔가 한 가지만 오롯이 집중해본 적이 있단 말인가. 돈은 예전에 더 많이 벌었던 적도 있었는데, 여유는 숫자의 영역이 아니라 마음의 영역이 확실하다.

그래서 나는 요즘 생애 처음으로 느려지는 연습 중이다. 남들보다 빨리 채근하며 독촉했던 나 자신에게 화해를 청한다. 속도를 늦추려면 우선 인정해야 하더라. 내 배경을, 무엇보다 나 자신을 톺아보아야 한다. 생각들을 정리해서 정갈한 글을 쓰고 밑줄도 긋고 더 알맞은 단어로 고쳐 써보며 바른 문장 한 줄을 완성해보려 한다. 웬만한 것들에도 감응하며 뭉근하게 앞으로의 시간들을 잘 지내보려 한다. 여유가 없던 내 지난 시간들과 악수하고 느긋해진 나와 마주 하고 싶다. 무엇보다 그냥 쓰는 사람이 아닌, 잘 쓰는 사람이 되고 싶다. 나의 생각도 부모의 삶도 다 잘 써 내려가고 싶다. '계속' 쓰는 사람이고 싶다.

양
4

다시, 아빠 이야기

아 버 지 는

평 생 가 난 했 다

가난의 출구는 어디일까

나의 아버지는 평생 노동을 하며 살았지만 끊임없이 가난했다. 일평생 자신의 노동으로 받은 돈을 열심히 모았고, 허투루쓴 적이 없으며, 쉬거나 자거나 먹는 시간보다 노동을 한 시간이훨씬 많았음에도 여전히 가난했다. 그 가난은 나의 아버지가 태어났을 때부터 어른이 되고, 자식을 낳아, 늙고 병든 후에도 없어지거나 줄어들지 않았다. 무지하고 가난했던 아버지는 몸으로하는 노동 이외에 선택할 수 있는 것이 없었다.

그래서 노동 중에서도 마치 그 노동을 최대치로 극대화해 돈을 벌어내는 일인 것 같은 막노동을 평생 하며 살았다. 그 막노동은 아버지가 이팔청춘이었을 때부터 환갑을 넘기고 일흔을 넘긴 후에도 지속됐다. 50년이 넘는 시간 동안 온몸을 써가며 해온 막노동은 내 아버지의 평생 직업이자 유일한 직업이었다.

그런 아버지가 처음엔 부끄럽고 답답했다가 이제는 한없이 안쓰럽고 마음 아픈 나는 막노동 이외에 다른 일을 할 순 없을까를 항상 고민했다. 택시를 타면 기사님께 넌지시 벌이는 괜찮으신지, 택시기사를 하려면 어찌해야 하는지를 물었고, 집에 들어갈 때면 아파트 게시판에 있는 경비모집 공고문을 천천히 깊게 읽어 내려가기도 했다. 하지만 평생 막노동만을 해온 아버지에게는 다른 일을 할 용기도, 자신도 있을 리 만무했다. 그저 그 일이 자신이 할 수 있는 최대한의 일임을 묵묵히 받아들이고 해낼 뿐이었다.

어렸을 때부터 지금까지 나는 아버지가 단 한순간도 쌩쌩하거나 여유로운 모습을 본 적이 없다. 항상 피곤했고, 힘들었으며, 아프고, 버거웠다. 나는 아버지가 출근하는 모습을 본 적이 없었고 힘에 부쳐 퇴근하는 모습만을 보았다.

아버지는 항상 냄새가 났다. 매일같이 집에 돌아오면 누구보다 열심히 가장 먼저 하는 일이 세수를 하고 샤워를 하며 노동의 흔적을 씻어내는 일이었음에도. 아버지는 항상 빼빼 말랐다. 누구보다 밥을 많이 먹고 빨리 먹고 바로 잠들었음에도. 모두 노동의 흔적이었다.

부모가 자식을 생각하는 마음이 애틋하듯, 자식도 늙은 부모를 바라보는 마음이 애잔하다. 누구보다 열심히 정직하게 노동을 했음에도 왜 평생 가난했고, 가난하고, 가난할 삶을 살아야 하는지 나는 항상 의문이었다.

과연 내 아버지가 저렇게 힘들고 버겁게 평생 노동을 해서 남은 것은 무엇인지, 얻은 것은 무엇인지, 늘 궁금했다. 그 목적과 이유가 자식인 나 혹은 아내인 엄마라고 말하고 싶진 않다. 그러기에 아버지의 노동은 그 이상으로 맹목적이었고, 그럼에도 불구하고 너무나도 지속된 가난이었기 때문이다. 단순히 무지했던 아버지의 배경 탓으로 돌리기에도 나의 아버지는 너무나 열심히 노동했다.

오로지 노동을 반복해야만 돈을 벌고 모을 수 있다고 믿었던 아버지는 그 노동 외에는 모든 것이 머물러 있는 사람이었다. 아버지는 아직도 은행에 갈 때 목도장을 갖고 다니고, 매달 받는 적은 돈을 열심히 은행에 모아두는 일과 그 모은 돈을 최대한으로 적게 쓰는 일 외에는 생각해본 적도 할 줄 아는 것도 없다. 그래서 평생 나의 아버지에게 제일 큰돈의 액수는 백만 원이었다.

엉뚱하게도 나는 막노동을 하는 노동자의 월급통장은 엄청난 복리로 원금을 불어나게 하는 제도가 있었으면 좋겠다고 상상할 뿐이다. 직업에는 귀천이 있고, 사회에는 계급이 있으며, 배워서 남 주지 않는다는 현실을 인지시켜 드리기에 나의 아버지는 너무나 늙었다.

가능하다면, 나의 아버지를 다시 이팔청춘의 시간으로 돌릴 수 있다면, 막노동을 하지 말라고 말리고 싶진 않다. 대신 당신의 막노동은 평생 직업이 아닐 수도 있으며, 무언가를 배우는 일도 가능하다고. 조금 덜 피곤하고 더 가벼운 일에 대한 고민도 할 수 있다고 회유하고 싶을 뿐이다. 가난한 노동자의 시야는 가난의 무게만큼이나 깊고 좁아서 다른 길을 갈 수도 생각할 수도 없었던 그 삶을 조금 더 넓게 확장시켜주고 싶을 뿐이다.

일흔이 넘은 나이에도 여전히 첫차를 타고 출근해 하루치의 삶과 노동을 맞바꾸고, 남은 삶을 이고 지고 퇴근하는 아버지에게 아무것도 해드릴 수 있는 게 없는 것만 같아 이러지도 저러지도 못할 뿐이다. 가난의 출구는 어디일까? 나의 아버지는 어디로 나가야 할까?

아버지의 평생 유일했던 그 노동 앞에서 나는 아직도 답을 찾지 못했다.

아 빠 는 귀 가 하 나

시끄러운 공사현장에서의 50년, 아빠는 귀를 잃었다

아빠의 일터는 '업무'라는 단어보다 '노동'이라는 단어가 어울리는 자리였다. 망치 소리와 철근 소리, 굴착기 소리가 가득한 곳. 그래서 서로가 서로에게 소리치는 소리가 가득한 곳. 그곳에서 아빠는 평생을 소음 속에 살아왔다 해도 틀리지 않을 것이다. 보청기를 끼고 일을 할 때면 오히려 공사현장 소리가 더 크게 들려와 자꾸 빼기 일쑤였다. 작업복 주머니 안에 넣고 일을 하다 빠지고, 어디론가 떨어지고, 그렇게 사드리면 잃어버리고 또 사드려도 잃어버릴 수밖에 없었다. 사람들 말소리를 잘 들으려고 보청기를 꼈는데 자꾸만 철근 소리, 장비 소리 같은 시끄러운 공사현장 소리가 더 크게 들리니 뺄 수밖에 없었다. 소음을 확장시키는 보청기는 아빠의 귀가 되지 못했다. 안 그래도 말수 적은 아빠는 그렇게 점점 더 조용히 살고 계셨다. 엄마는 맨날 나에게 전화를 걸어 "니 아부지 땜에 속 터져 죽겠다!"를 속이 터지도록 얘기했다.

당연한 것일까? 아빠의 귀가 멀어간다는 것이. 사실 엄밀히 따지고 보면 단순 노동이 반복되는 그곳에서, 길게 회의를 나눠야 할 일도 누군가의 말에 귀 기울일 필요도 없는 그곳에서, 아빠의 귀는 쓸모를 잃어갈 수밖에 없을지도 모르겠다. 어쩌면 아빠는 공사현장에서의 그 큰 소음이 싫어 귀를 닫은 건 아닐까.

평생 몸으로 일했기에 그 몸은 이제 하나둘 한계를 드러내고 기능을 멈추는 것이 어쩌면 당연한 수순일 것이다. 그걸 생각하면 슬프고 애통하면서도, 전화기 너머 내 말을 잘 알아듣지 못하고 딴소리만 계속하는 아빠의 말을 듣고 있으면 짜증이 올라와 소리를 친다.

"아빠! 그러니까 내 말 잘 들어봐!"

통화 중 짜증 낸 정도만큼 전화를 끊고 나면 눈물이 난다. 누군가의 말귀를 잘 알아들어도 자기 고집을 피웠던 젊었을 때의 아빠와 이제 누군가의 말귀를 잘 못 알아듣고 순해진 늙어버린 아빠 중 어느 편이 더 나을까? 나는 지금도 아빠가 자신의 말로 고집을 피웠으면 좋겠다 생각한다. 소음도 내 말도 그냥 다 잘 들렸으면 좋겠다는 생각이 든다.

아빠는 이제 나와 마주하고 내가 무언가를 이야기할 때면 대답보다 그저 웃고 있을 때가 많아졌다. 내가 아빠 걱정을 해도, 아빠에게 소리를 쳐도, 그저 대답은 웃음뿐이다. 그 웃음 속에는 딸의 말을 잘 알아듣지 못해 생기는 미안함과 흘러버린 세월에 대한 허망함, 늙어버린 채 맞아야 할 앞으로의 날들에 대한 걱정과 같은 수많은 할 말들이 묵인되어 있을 것이다.

아빠는 그렇게 점점 더 조용히 조용히 말보다 침묵으로 하루를 살아가실 것이다. 이제는 정말 좀 조용히 살고 싶으신 것일까? 시끄러운 공사현장에서의 50년. 그 세월이 만들어낸 소음을 넘어선 침묵. 나도 아빠의 여생이 차분해지길, 고이고이 잔잔해지길 바라본다. 그저 진짜 귀가 모두 닫히지 않길 바라며 더 많은 말과 표정과 손짓으로 이야기를 건넬 뿐이다.

아빠의 귀가 안 좋아지는 것은 어쩌면 시작일지도 모르겠다. 다음엔 어디가 조용해질까? 어디가 멈출까? 좋아질 일보다 나빠질 일이 많을 것 같은 앞으로의 나날들 속에, 내가 아빠에게 해줄 수 있는 것은 무엇인지 생각하고 생각한다.

마 음 통 역 사

엄마는 아빠 전담 동시통역사

말귀를 잘 못 알아듣는 아빠는 전화로 대화하기가 쉽지 않다.

"아빠! 식사하셨어요?"

"응! 밥 먹었지!"

"뭐 드셨어요?"

"긍께. 날씨가 추웅께 따뜻하게 입어라."

"네. 아빠 점심에 뭐 드셨냐고요."

"아이 괜찮아! 아빤 안 추워!"

두 마디 이상 넘어가면 자꾸만 딴소리를 하신다. 그래서 엄마는 아빠가 누군가와 통화할 때 좌불안석이다. 불안해하며 아빠 옆에 붙어서 대신 듣고 대답을 하고 이렇게 대답하라 저렇게 물으라 시키기도 한다.

"아빠! 식사하셨어요?"(밥 먹었다 해! 얼른!)

"응! 밥 먹었지!"

"뭐 드셨어요?"(뭐 먹었냐 물어보잖아!)

"긍께. 날씨가 추웅께 따뜻하게 입어라."(아 또 못 알아먹네! 아이고 답답아!)

"네. 아빠 점심에 뭐 드셨냐고요."(뭐 먹냐 물어보잖아 이 사람아!!)

"아이 괜찮아! 아빤 안 추워!"(아이고 답답이! 전화 이리 내!!)

"야 희정아! 니 아빠 또 못 알아듣는다. 답답해 죽겠어야!"

결국 옆에서 듣고 있던 엄마는 참다못해 전화기를 가로채 나와의 통화를 이어간다. 요즘 들어 아빠와 온전히 통화를 해본 기억이 없다. 그러면 엄마는 동시통역을 시작한다. 아빠 전담 동시통역사다. 하지만 그 통역조차 못 알아들어 아빠와 끝까지 대화가 잘 안 된다는 건 나도 참 안타깝다.

엄마와 통화를 할 때도 그 통역은 이어진다.

"엄마! 저 이제 퇴근해요!"

"그래 고생했다. 우리 딸 안 피곤해?"

"괜찮아요! 배고파. 집에 가서 밥 먹어야지! 오늘은 피곤해서 외식하려고."

"그래 맛있는 거 사 먹어! 먹고 싶은 걸로!"

"네. 엄마! 엄마도 저녁 잘 챙겨 드세요!"

"그래!"

"응. 희정이 이제 퇴근한다고! 피곤해가지고 저녁 사 먹는대."

대화가 끝났는데 전화도 끊지 않고 꼭 아빠에게 먼저 통화 내용을 통역하는 엄마. 항상 전화를 끊을 때 바로 안 끊고 옆에 있는 아빠에게 대화 내용을 동시통역하는 바람에 나는 그 소리까지 다 듣는다. 처음엔 나도 전화를 바로 끊었는데 멀어진 목소리로 들려오는 엄마의 통역이 재미있어서 이제는 끊지 않고 끝까지 챙겨 듣는다. 이 정도면 우리 엄만 유능한 통역사다.

어느 날은 밤늦은 퇴근에 엄마와의 통화를 마치고 전화를 끊으려는데 또 목소리가 멀어지며 엄마의 말소리가 들려왔다.

"아휴… 우리 딸 안쓰러…."

엄마의 속마음은 통역하지 않아도 되는데 그 마지막 한마디가 맴돌아 마음이 영 무겁다. 매일 늦은 퇴근에 지쳐 있는 내 목소리를 많이 안쓰러워했던 엄마. 잘 들어가라는 밝은 엄마의 마지막 인사 뒤로, 나보다 더 지친 목소리로 안쓰럽다 혼잣말을 하던 엄마. 그럼 나는 후회스럽다. 바로 끊을걸. 나는 들어버렸다, 엄마의 진짜 마음을.

사실 부모의 마음은 통역이 필요 없다. 내가 어른이 되니 저절로 이해가 된다. 시간이 통역사다. 앞으로의 나의 시간들은 부모를 이해하는 날들만 남아 있다. 다행이다. 그 이해에는 통역이 필요 없어서. 말하지 않아도 알게 되는 건 그 처지가 되어보면 될 일이다. 그렇게 조금씩 뒤늦게 이해하며 자식은 부모가 되어가는 것이 아닐까. 툴툴대면서도 엄마 같은 통역사가 아빠 옆에 있어 다행이고, 가끔 나직이 진심을 전해오는 마음 통역도 해주는 엄마가 있어 짠하지만 위로가 된다. 아빠는 그 통역으로 딸의 말을 전해 듣고, 나는 그 통역으로 부모의 마음을 이해해본다.

길 어 지 면   슬 퍼 지 는

전 화 통 화

아빠와의 통화는 짧은 게 낫겠다

퇴근길 아빠에게 전화를 걸었다. 어디에 계신지 장소를 묻고, 뭐 하고 계신지 안부를 묻고, 식사는 하셨는지 허기를 묻는다. 집. 그냥 있어. 밥 먹었다. 짧은 대답 속에 아빠는 오늘 일을 안 나가셨고, 집에 혼자 계시고, 밥은 안 드셨을 것 같은 생각이 든다. 나는 가끔 부모처럼 넓게 묻고 자식처럼 좁게 해석한다.

아버지 오늘은 왜 일을 안 나가셨어요? 지난 번에 하던 일은 일주일짜리였고, 며칠 있다 또 연락을 준다고 했어. 이제 힘들어서 큰 건 못 하고 쬐깐한 것만 겨우 한다. 힘들어 죽겠다.

아버지 아픈 데는 없나요? 이제 나이가 있응께 다 아프지. 엉치뼈가 아프고, 오늘은 하루 종일 잠만 자서 허리가 아프다. 아파 죽겠다.

아버지 식사는요? 아까 아침 먹고, 엄마는 어디 갔는지 나가서 안 들어오고 이따 먹어야지. 배고파 죽겠다.

짧은 대화 속에 아빠는 세 번이나 '죽겠다'를 내뱉었다. 일을 해도 아프고 안 해도 아픈 날들. 아빠는 일이 없어 쉬는 날이면 잠을 오랜 시간 주무신다. 습관 때문에 새벽에 일찍 일어나셨다가 일이 없다는 것을 몸이 알아차리면 다시 주무신다. 그렇게 잠시 주무셨다가 동네를 한 바퀴 돌고 들어와 또 낮잠을 주무신다. 오후 늦게 내가 전화를 하면 멍청이같이 하루 종일 잠만 잤다며 멋쩍은 웃음을 보이는 아빠.

아버지 왜 주무시는 게 멍청이 같나요. 피곤해서 그런 거지요. 그래도. 멍청이같이 잠만 잔다. 일이 없응께. 멍청이같이 잠만 잔다.

아빠는 자신의 피곤이 멍청하다 생각한다. 일이 없고 잠만 자는 자신이 멍청한 것이라 자책한다. 일이 점점 줄어드는 요즘 자꾸 멍청해지는 자신이 마음에 들지 않는 것 같다. 시끄러운 공사 현장이 아닌 조용한 집에서 통화를 하니 오랜만에 내 말귀도 잘 알아듣고 속마음도 얘기하고 그렇게 대화가 이어진다. 그래서 나는 문득 얼마 전 엄마에게 한 질문이 생각나 아빠에게 똑같이 물어본다.

아버지 다시 태어나면 뭐 하고 싶나요? 뭘 뭐 하냐. 몰라. 그런 거 몰라. 아버지 왜 모르나요. 딴 일 하고 싶은 거 없나요? 몰라. 왜 묻냐. 그런 거 모른다.

다시 태어나면 뭘 하고 싶냐는 질문에 엄마는 아무것도 안 하고 싶다고 했는데, 아빠는 모른다고만 한다. 안 하고 싶은 마음과 모르겠는 마음은 같은 마음. 둘 다 낯설다는 것이다. 지금의 삶, 지금의 일 외에 다른 것들은 생각해볼 겨를도, 마음도, 여유도 없었다는 것이다. 재차 물어도 모른다고만 하는 아빠의 대답이 조금 서글프다. 나는 그 질문은 그만하기로 한다. 그리고 아빠와 주거니 받거니 오랜만에 대화가 되는 지금이 아니면 또 언제 말할까 싶어 이어서 내 마음을 전한다.

아버지 너무 고생 많이 했잖아요…. 아야! 부모는 원래 다 그런 것이야. 너한테 더 못 해준 게 마음에 걸리는 것이지.

163

결국 나는 운다. 아빠 너무너무 힘들었잖아요. 부모라는 이유로 원래 다 그래야 하는 건 아니잖아요. 나는 울고야 만다. 아빠는 대화가 길어지면 말귀를 못 알아듣고 자주 딴소리를 하는데 오늘따라 내 말도 잘 이해하고 대답도 한다. 왜 그러는 걸까. 정말 하고 싶은 말이라 그런 걸까. 나는 아빠와 대화가 되니 눈물이 난다.

아빠는 많이 무뚝뚝하고 무언가를 얘기하거나 표현하는 걸 낯설어하는 사람이라 유일한 막내딸인 나에게도 이런저런 말을 했던 기억이 잘 없다. 나는 그런 아빠가 재미없고 심심해서 함께 있기보단 혼자 있길 원했다. 엄마와는 아무 얘길 안 해도 편했는데, 아빠와는 아무 얘길 안 하면 불편했다. 하지만 할 수 있는 말의 주제가 다양하지 않았고, 한다 해도 대화가 이어지는 길이는 아주 짧았다. 그런 아빠가 아주 가끔씩 나에게 주저리주저리 얘기할 때가 있었는데 술에 취해 전화를 걸어오거나 집에 들어왔을 때였다. 그럴 때면 항상 이 말을 빼놓지 않고 반복했다.

"아빠는 너 대학교 등록금 못 대준 것이 그렇게 미안해야. 학비 한번 제대로 못 준 게 그렇게 한이 된다. 용돈도 많이 못 주고 등록금도 못 주고 그렇게 미안해야. 학비도 못 대준 게 그렇게 미안해…."

등록금, 학비, 용돈, 모두 자식에게 주지 못한 돈을 반복해 미안해하며 말이 길어지는 아빠. 내 대답이 없어도, 내 물음이 없어도, 혼자 계속 반복하는 유일한 말이다. 아빠는 가끔 술에 많이 취할 때마다 내 등록금을 학비를 용돈을 떠올린다. 말하고 말하고 또 말한다. 그럼 나는 운다. 울게 된다. 그런 얘기는 하고 싶지 않아진다.

사실 내 마음은 평소에도 아빠와 길게 길게 얘기하고 싶었다. 속마음도 털어놓고, 아빠 생각도 묻고, 내 감정도 전하고 싶었다. 주저리주저리, 주거니 받거니, 아빠와의 대화 속에 붙이고 싶은 부사였다. 매번 안부만 겨우 묻고 끊는 그 짧은 1분짜리 대화가 나는 항상 못내 아쉬웠고 서운했다.

그런데 막상 길게 통화를 해보니 아빠와의 전화는 짧은 게 낫겠다. 그리고 술에 취해 하는 통화는 빨리 끊는 게 더 낫겠다. 말이 길어지면 자꾸만 슬퍼지는 전화통화니까. 대화의 길이만큼 슬픔의 깊이도 늘어나니까. 통화시간이 1분이 지나가면 나는 너무 슬퍼져 버리니까.

과 자   한   봉 지

무료한 삶도 과자처럼 씹어 삼킬 수 있을까

일이 없는 아버지는 삶이 무료했고 입이 심심했다. 아직 들어오지 않은 딸 방에 들어가 괜히 기웃기웃거려본다. 침대 위 어질러진 옷가지를 정리하고, 책상 아래 쓰레기통도 비우고, 그러다 방 한쪽에 놓인 과자 한 봉지를 본다.

마침 삶도 입도 심심했던 아버지는 그 과자를 뜯어 아그작 아그작 씹어 먹는다. 달달하니 맛있다. 한참을 먹다 보니 과자 한 봉지에 심심한 입은 좀 가셨지만 무료한 삶은 여전히 그대로다. 자신의 하루하루도 이 한 봉지의 과자처럼 씹어 삼켰으면 싶다.

정신없이 과자 한 봉지를 비워내니 아차차! 내가 무슨 짓을

했지 싶다. 다 큰 어른이 딸 과자를 탐했다는 것에 미안하고 부
끄러워 부랴부랴 집 앞 슈퍼로 향한다. 그 사이 딸은 집에 들어
온다.

　방문을 열고 들어가니 아침에 정신없이 허겁지겁 나가느라
어질러졌던 방이 말끔히 정리되어 있고, 가득 찼던 쓰레기통도
비워져 있다. 텅 빈 내 방에서 흔적 없는 아버지의 흔적들이 보
인다. 아빠가 내 방을 또 치우셨구나. 아빠가 내 쓰레기통을 또
비우셨구나. 아버지는 쓰레기통에 쓰레기가 있는 꼴을 못 본다.
자주 들여다보고 매번 비운다. 일터에서의 성실함은 집 안에서
의 부지런함으로 이렇게 티가 난다. 그때 마침 아버지가 부랴부
랴 현관문을 열고 들어온다.
　"과자 사왔다! 아빠가 모르고 먹어서 과자 사왔다. 이거 먹어
라!"
　밑도 끝도 없이 나에게 과자 한 봉지를 내미는 아버지. 나는
과자가 없어졌다 말하지 않았다. 아버지에게 과자를 먹었냐 묻
지 않았다. 아버지는 왜 과자 앞에서 허겁지겁 변명을 하고 있는
것일까. 그 과자는 애초부터 내 과자는 아니었을진대. 그저 내 방
에 놓여 있었을 뿐인데. 아버지는 죄인처럼 어쩔 줄 몰라 했다.
　내가 백수일 때 한낮에 카페에 앉아 있으면 문을 열고 들어오
는 손님마다 나의 백수를 알아보는 것 같은 생각이 들었다. 취직

한 친구가 뭐 하나 물으면 아무것도 안 하는데 뭐라도 하는 것처럼 바쁜 척하기도 했다. 출퇴근이 없다는 건 무능을 들키는 일 같았다. 일부러 정장 비슷한 옷을 입고 화장을 공들여 하고 외출한 적도 있었다. 나만 빼고 모두 다 직장인인 듯했다. 갈 곳 없고 할 일 없는 그때의 내가 나도 부끄러웠다.

지금 나의 아버지는 그것과 닮은 감정인 걸까? 내가 어느새 문을 열고 들어오는 손님처럼 느껴지셨던 것일까? 나는 한때 이십 대에 직업이 없었던 거지만 이제 앞으로 오랫동안 일흔의 나이에 생업이 없을 아버지는 그때의 나의 부끄러움과는 다른 좀 더 복잡한 마음일 것이다. 나는 청춘이었고 그것은 잠시였지만, 아버지의 청춘은 지났고 그것은 길어질 수도 있고, 어쩌면 계속될 수도 있을 테니. 나는 알 수 없을 많은 기분일 것이다.

과자 한 봉지도 아버지에겐 죄책감이 될 수 있었다. 아버지에겐 그냥 먹는 과자가 아니라 일이 없어 집에 있다 먹는 과자였기 때문이었다. 딸 방에 놓인 과자 한 봉지를 먹은 것이 자신 삶의 무료함을 드러낸 것 같아 싫고 부끄러웠던 것일까. 아버지가 내민 것은 과자가 아니라 허둥대는 마음 같았다.

그것이 아닌데. 셀 수도 없이 수많은 과자와 밥을 먹여 딸을 키워냈는데. 딸이 없는 딸 방에서 겨우 그깟 한 봉지의 과자를 먹었다고 쩔쩔매며 조급해하던 아버지의 모습이 나는 낯설었고,

그 행간이 읽혀 마음이 찌르르했다. 아버지는 자신이 먹은 과자도 딸에게 다시 먹이려고 똑같은 과자를 급하게 사와야 했다. 먹어야 자식이고 먹여야 부모인 걸까.

　아버지가 마음 놓고 심심해하셨으면 좋겠다. 죄책감 없는 심심함이 가득했으면 좋겠다. 입이 심심할 때 삶이 무료할 때 맛있게 과자 한 봉지를 드시고 더 맛있는 과자를 사러 맘 편히 동네를 거닐었으면 좋겠다.

가던 방향을 틀어

어딘가에 들러

일부러 무언가를 한다는 것은

아빠의 과자와 엄마의 아이스크림

나는 군것질을 참 좋아한다. 과자, 아이스크림, 초콜릿, 젤리, 달달한 그것들을 오물오물 씹고 있으면 기분이 참 좋아진다. 어렸을 때도, 학교 다닐 때도, 퇴근하고 집에 갈 때도 슈퍼에 들러 좋아하는 과자를 고르는 그 시간은 내가 가장 좋아하는 하루의 순간이었다. 때때로 밥은 안 먹어도 과자는 꼭 먹어야 했고, 밥을 먹은 후에도 과자를 먹어야 했다.

엄마와 아빠는 이런 나의 군것질 사랑을 잘 알아서 퇴근길에, 장을 보고 집에 오는 길에, 한두 개씩 과자와 아이스크림을 꼭 사오셨다. 어린 나는 퇴근하고 들어오는 아빠보다 아빠 손에 들려 있던 검정 비닐봉지를 더 반겼고, 장을 보고 양손 가득 무겁게 짐을 들고 오는 엄마보다 장바구니 안에 들어 있던 과자만 쏙쏙 꺼내 내 방으로 들어왔다. 철없던 그때, 과자와 아이스크림에 밀려 엄마와 아빠가 보이지 않았다.

나는 버터와플, 빼빼로, 롤리폴리를 좋아했는데, 아빠는 빠다코코낫, 샤브레, 건빵을 사왔다. 나는 부드러운 소프트 아이스크림을 좋아했는데, 엄마는 아맛나, 메가톤, 비비빅을 사왔다.

"아! 이게 뭐야! 맛없는 것만 사왔어!"

짜증내며 봉지를 뜯고 툴툴거리며 잘도 먹었다.

나는 일을 마치고 피곤한 몸을 이끌고 집으로 올 때면, 집 앞에 있는 세탁소에 들르는 것도 귀찮아 한 달째 맡긴 바지를 못 찾고 있는데, 가끔 들고 나간 가방도 무거워 차 안에 그냥 두고 집에 온 적도 있는데, 새벽부터 시작한 고된 하루의 노동을 마치고 오는 아빠는 꼭 슈퍼에 들러 과자를 사왔고, 양손에 야채와 과일을 잔뜩 들고 시장에서부터 손마디가 얼얼할 정도로 무거운 짐을 들고 오는 엄마는 꼭 슈퍼에 들러 아이스크림을 사왔다.

가던 방향을 틀어 어딘가에 들러 일부러 무언가를 한다는 것은 한동안 마음속에 품고 있지 않으면 힘든 일이다. 아빠는 퇴근 시간이 다가오면 '우리 딸 과자 사다줘야지', 엄마는 장을 보고 집에 가는 길이면 '우리 딸 아이스크림 좋아하는데…' 곱씹었을 것이다.

타지에서 혼자 살 때 오랜만에 집에 올라오면 나는 울컥 멈춰 서 있을 때가 많았다. 내 방 문을 열고 들어가면 책상 위에 큰 '노래방 새우깡'이 놓여 있었고, 냉동실 문을 열면 간 마늘과 생선 사이로 '메로나, 빵빠레, 구구콘, 투게더'까지 종류별로 아이스크림이 꽉꽉 채워져 있었다.

아빠는 과자를 좋아하는 딸내미가 오랜만에 집에 온다고 하니, 슈퍼에 가서 그냥 새우깡의 크기로는 성이 안 차 과자 중에 제일 커 보이는 노래방 새우깡을 집어 오셨다. 엄마는 아이스크림을 좋아하는 딸내미가 집에 온다고 하니, 슈퍼에 가서 하드가 아닌 최대한 부드러워 보이고 비싸 보이는 아이스크림을 종류별로 집어 오셨다. 엄마와 아빠는 또다시 방향을 틀어 슈퍼에 들러 딸이 좋아하는 과자와 아이스크림을 샀다. '우리 딸 이번 주말에 집에 오지…' 월요일부터 되새겼을 것이다.

내가 아무리 군것질을 좋아한다지만 겨우 주말 이틀 있다 내려갈 건데, 크기와 양은 두 달 동안 먹을 수 있을 것 같다. 나는 결국 새우깡 한 주먹과 메로나 하나를 겨우 먹고 다시 내려갈 채비를 한다. 커버린 딸의 입맛은 변했고, 늙어버린 부모의 자식 사랑은 변하지 않았다.

그렇게 혼자 사는 집으로 돌아오면 다 먹지 못한 노래방 새우깡과 아이스크림이 계속 생각이 났다. 부모의 사랑은 너무 과분

해 못난 딸은 그걸 다 먹어내지 못했다. 엄마와 아빠는 나 대신 남겨진 과자와 아이스크림을 먹으며 딸 생각을 씹어 삼키실 것이다.

한동안 나는 그 어떤 과자도 아이스크림도 울컥 목구멍이 차올라 잘 먹지 못했다.

효도하는 효도폰

아빠는 손가락이 짧고 굵다. 특히나 엄지손가락은 심하게 뭉툭하고 뚱뚱하고 옆으로 퍼져 있다. 아빠에겐 미안하지만 가끔 나는 아빠의 엄지손가락을 보고 엄지발가락을 떠올렸다. "아빠는 엄지발가락이 네 개인 것 같아!" 짓궂은 딸.

보드레한, 야들야들한, 부들부들한, 매끄러운. 모두 아빠의 손가락에는 붙일 수 없는 형용사들이다. 주름 때문에 쫙 펴지지도 않고 굳은살 때문에 꽉 쥐어지지도 않는 손. 아빠의 손에는 고된 삶이 손금을 따라 굳어 있다. 평생 남들보다 더 많이 쥐었을, 더 많이 힘주었을 아빠의 손은 이제 기름칠을 한다 해도 삐걱거리

듯 거칠기만 하다. 핸드크림도 보습제도 아무리 바른다 해도 촉촉하고 부드러워지지 않을 것이다. 나는 가끔 아빠의 딱딱한 손을 잡을 때면 내 가슴이 굳는 듯했다.

때문에 엄지와 검지를 맞대어 무언가를 뽑거나 섬세하게 골라내는 일을 아빠는 잘 하지 못했다. 가끔 엄마가 흰머리를 뽑아달라고 하면 손가락으로도, 집게를 집고도, 아빠는 엄마의 머리카락 앞에서 한참을 애써야 했다. 글자를 쓰는 일과 휴대폰 번호를 누르는 것도 아빠에겐 많이 공들여야 겨우 할 수 있는 일이다.

오랫동안 아빠는 폴더폰을 쓰셨다. '효도폰'이라 불리는, 반으로 접힌 휴대폰을 펼치면 1, 2, 3 숫자들이 큼지막하게 새겨져 있는 전화기. 통화가 끝난 후에는 다시 반으로 접으면 되는 전화기. 내가 아빠에게 효도폰을 사드린다고 효녀가 되는 건 아닐 텐데, 본디 이 폰의 의도는 자식들의 휴대용 면죄부가 아닐까. 이름을 바꿔 불러야 할지도 모르겠다. 터치폰이 나오고 스마트폰이 나왔지만 그 이후로도 오랫동안 아빠는 폴더폰을 썼다. 휴대폰을 바꾸러 매장에 가서 터치를 해보고 화면에 공들여봐도 뭉툭한 손가락으로 번호 하나, 어플 하나 누르는 일이 쉽지 않았기 때문이었다. 아빠에게는 두꺼운 손가락 때문이라도 스마트폰의 터치보다 폴더폰의 누름이 훨씬 수월했다. 아빠와 휴대폰을 함께 사러 갈 때면 매장 직원은 진열장 안의 여러 개의 신상 스마트폰을 왼쪽부터 쭉 훑어본 후, 맨 오른쪽 구석 끝에 진열되어 있는 폴더폰을 꺼내 보여주어야 했다. 새 휴대폰을 장만하는 일인데, 나도 아빠도 직원도 설레지 않았다. 그러던 어느 날 아빠는 나에게 전화를 걸어와 말했다.

"희정아. 근데 요즘 전화기는 그 뭐시기 티브이도 보고 음악도 들을 수 있다던데 아빠도 하나 바꿔야 쓰겄다!"

아빠는 단호했다. 웬만해선 무언가를 산다고, 바꾼다고 하는 분이 아닌데, 치약도 다 쓰면 꼭 절반을 가위로 잘라 몇 번을 더 짜내고, 구멍 난 양말도 꿰매서 다시 신는 아빠인데 바꾸시겠다니, 새로 사시겠다니! 나는 당장 차 키를 들고 아빠에게 달려갔다. 이제 터치 여부와 스마트 유무는 중요하지 않았다. 아빠의 마음이 바뀌었으니 휴대폰도 바꿔드려야 했다. 바로 집 앞 매장에 갔다. 직원은 이번에도 아빠를 보고 맨 오른쪽으로 시선을 돌리려 했다. 나는 그 시선을 붙잡으며 말했다.

"화면 큰 걸로 스마트폰 좋은 거 하나 추천해주세요."

나도 아빠도 직원도 오랜만에 설레었다. 생애 첫 스마트폰. 아빠는 새 장난감을 쥐어 든 어린아이처럼 보고 또 보고 만져보고 눌러보고 좋아하셨다. 아빠에게 스마트폰은 휴대폰의 진화보다 마음의 변화가 있어야 바꿀 수 있는 물건이었기에 이제야 느지막이 아빠는 손에 쥐어볼 수 있었다. 전화번호를 입력해드리고, 단축키 0번은 엄마, 1번은 딸, 지정해드리고, 카메라를 켜 아빠와 찰칵 셀카를 찍었다. 뭉툭한 아빠의 손가락을 잡고 하나하나 터치 연습을 해보았다.

"아빠! 이거는 꾹 누르는 거 아니야. 살짝 터치만 해야 돼요."

"그르냐? 어째 잘 안 된다잉."

반복해 연습해보아도 터치가 잘 안 되는 아빠의 손가락을 보고 있자니 스마트폰 화면에 0부터 #까지 버튼 열두 개를 달아드리고 싶었다.

최신형 스마트폰을 사고도 어플을 다운받거나, 와이파이를 껐다 켰다 할 일은 아빠에겐 없다. 하지만 아빠가 욕심냈던 건, 전화기로 티브이를 보는 일과 트로트 음악을 듣는 일이었다. 나는 사명감에 불타올라 그 두 개만큼은 할 수 있게 해드리리라 다짐했다. 어플을 깔아드리고, 누르는 법을 알려드리고, 다시 해봐요, 다시 해보세요, 시도하고 연습하며 아빠와 한참 동안 머리를 맞대고 사용법을 알려드렸다.

그렇게 휴대폰으로 티브이를 볼 수 있게 되자 아빠는 거실에 있는 티브이를 켜더니, 손바닥에 있는 휴대폰 속 화면과 눈앞에 있는 티브이 화면이 똑같다며 너무 신기해하셨다. 트로트 노래 듣기 어플을 다운로드받아 음악을 틀어드리니 이게 공짜냐며 너무 신나 하셨다. 나의 휴대용 면죄부는 아빠에게 즐거움을 줬다. 진짜 효도폰은 스마트폰이었다. 일찍 바꿔드릴 걸 생각했다.

그러더니 아주 중요한 것이 생각난 듯 아빠는 나에게 말했다.

"그 뭐시기 너 뉴스! 뉴스 하는 것도 볼 수 있냐?"

사실 아빠가 진짜 보고 싶은 건 따로 있었다. 예전 효도폰을 쓸 때 아빠는 내 뉴스가 보고 싶은데 자기 전화기로는 못 본다며 아쉬워하셨다. 나는 임시방편으로 내가 뉴스를 진행하는 동영상을 아빠의 휴대폰 동영상으로 찍어 저장해드렸다. 아빠는 딸이 나오는 똑같은 그 영상을 보고 또 보고, 가끔 엄마와 통화를 할 때도 멀리서 내가 뉴스를 진행하는 소리가 들려오곤 했다. 아빠가 나를 보고 있구나. 웃음이 나오면서도 코끝이 찡해졌다. 나는 유튜브 어플을 다운받아 내 뉴스 영상을 찾아 링크를 복사하고 메모장에 여러 개의 링크를 붙여 넣기 했다.

"아빠! 여기 이거 누르고 영어 써진 거 파란 거 눌러보세요."

"이거? 아따! 우리 딸이 나와부네잉!"

아빠가 아는 최고의 연예인, 티브이 나오는 사람은 바로 나. 눌러보고 또 눌러보고. 누를 때마다 딸이 나와 뉴스를 진행하니 박수를 치며 좋아하셨다. 이제 아빠는 스마트폰으로 트로트 음악도 듣고, 티브이도 보고, 딸의 영상도 본다. 드디어 완성된 휴대용 효도폰.

가끔 집에 가 아빠의 휴대폰을 열어보면 내 동영상 여러 개가 떠워져 있고, 이상한 어플 여러 개가 다운받아져 있다. 와이파이

버튼이 꺼져 있으면 영상이 안 나온다고 전화를 하고, 어느 날은 갑자기 화면이 바뀌고 아무것도 안 된다며 전화를 한다. 사실 나는 조금 귀찮을 때도 있지만, 그건 단순히 휴대폰의 기능 그 이상인 걸 알기에 이내 마음을 고쳐먹고 차 키를 들고 아빠에게 달려간다. 삭제해드리고, 정리해드리고. 그럼 다시 처음 휴대폰을 산 것처럼 좋아하시는 아빠. 전화기를 핑계 삼아 아빠에게 달려가게 되니 진정한 효도폰의 완성이다.

아빠의 외출

향수 세 번 칙칙칙

아빠 나이 일흔둘. 전국노래자랑의 송해 선생님은 아흔이 넘도록 마이크를 잡고 있다지만, 사실 보통의 일흔이 넘는 아버지들은 일이 없다. 우리 아빠처럼. 하지만 아빠가 직업이 없다고 해서 백수라고 부르는 건 맞지 않다는 생각이 든다. 50년을 넘게 일했는데 또 얼마나 무슨 일을 더 한단 말인가. 가혹하다.

하지만 아빠는 자신이 해온 노동의 시간들과 나이, 늙어버린 몸 상태는 생각하지 않은 채 그저 일을 하지 않는 요즘 마치 스스로 죄인처럼 산다. '뭐라도 해야 되는데…'를 달고 살고, '한 푼이라도 벌어야 하는데…'를 매달고 산다. 그 마음을 모르는 건 아니지만 자식인 나 역시나 어떻게 해드릴 수도 없고 그렇다고 풍족한 용돈을 드리지도 못하니 답답하고 죄송할 뿐이다.

아빠가 일이 줄어들기 시작한 건 몇 년 전부터다. 지방에서 올라와 다시 부모님과 함께 살며 직장생활을 했을 때 아빠는 딸과 함께 살길 원했으면서도 막상 일 없이 매일 그냥 집에 있는 본인의 모습은 멋쩍어하셨다. 그도 그럴 것이 평생 집 안에 있는 시간보다 집 밖에 있는 시간이 많았고, 가족들과 함께 집에 있는 시간보다 일터에서 혼자 보낸 시간들이 많은 아빠였다. 집 안의 가장인 아빠는 사실 '집 밖의 가장'으로 살아왔다.

한 달째 일이 없어 무료한 겨울을 나고 있는 아빠는 답답하셨는지 외출 준비를 하셨다. 나는 그 모습을 보고 아빠에게 지갑에 있는 오만 원을 꺼내 건네드렸다. 아빠가 항상 나에게 했던 행동이었는데, 만 원 한 장, 오만 원 한 장을 손에 꼭 쥐어주는 일을 이제는 딸이 아빠에게 똑같이 한다. 원래는 손사래를 치며 항상 됐다고 하시던 아빠는 웬일로 주머니에 바로 그 돈을 구겨 넣었다. 연말이었고 술 한잔이 하고 싶으셨을 것이다.

오만 원을 어색하게 받아든 아빠는 주변을 두리번두리번거리며 무언가를 찾으신다. 그러더니 아침밥을 안 먹은 딸내미에게 식탁 위에 있는 땅콩샌드 하나를 쥐어준다. 오만 원을 쥐어주는 딸에게 뭐라도 쥐여주고 싶은 아빠의 마음. 그렇게 나는 오만 원짜리 땅콩샌드를 쥐고 출근길에 나섰다. 하나도 비싸다고 생각되지 않았다.

아빠는 외출을 할 때마다 꼭 지하철 역전에서 산 싸구려 향수를 뿌린다. 일흔이 넘은 자신의 행색을 향수로나마 덮고 싶기 때문일 것이다. 꼭 매번 항상 잊지 않고 세 번을 칙칙칙 뿌리고 나가신다. 그 모습을 보고 있으면 항상 나에게 웃으며 말한다.

"늙은이 냄새낭께 뿌려야지잉?"

나는 맞장구를 친다.

"우리 아빠 향수도 뿌리고 멋쟁이네~"

외출 전 아빠와 나의 인사. 아빠는 그렇게 칙칙칙 향수 세 번을 뿌리고 주머니에 딸에게 받은 오만 원을 넣고 외출을 하셨다.

나도 출근을 한다. 지하철을 타고 한참을 가고 있는데 갑자기 어디선가 익숙한 아빠의 싸구려 향수 냄새가 났다. 순간 아빠인가 싶어 주변을 둘러보았다. 한참을 살펴보는데 내 옆에 머리가 희끗한 노인 한 분이, 아니 또 다른 누군가의 아버지가 앉아 있었다. 그 아저씨도 늙은이 냄새를 가리고 싶으셨을까. 그 향수를 우리 아빠처럼 지하철역에서 삼천 원 주고 사셨을까. 그 냄새를 맡고 있자니 아빠가 생각이 나서 청승맞게 눈물이 나려고 한다. 지하철 안에서 갑자기 혼자 울면 민망하니까 눈을 깜빡깜빡이며 휴대폰을 꺼내 뉴스를 본다.

"바람은 언제나 당신 등 뒤에서 불고, 당신의 얼굴에는 항상 따사로운 햇살이 비추길…."

아일랜드 켈트족의 기도문이라는 뉴스 속 앵커의 말이 유난히 귀에 꽂힌다. 나는 그 말을 몇 번이고 곱씹으며 아빠를 위해 기도드렸다.

5 Rº

다시, 엄마 이야기

엄 마 의 모 든 것 들 은
기 억 되 지   않 았 다

매일 애쓰고 공들였지만 사라져버린 것들

엄마는 화장실에서 소변을 볼 때 문을 열고 볼일을 봤다. 변기에 앉아 볼일을 보면서도 고개를 빼꼼 내밀고는 주방 가스 불을 살폈다. 가스레인지 위에는 보리차와 찌개가 끓고 있었다. 항상 그 모습을 볼 때마다 나는 성을 냈다. 엄마는 왜 문을 열고 볼일을 봐? 그때 내가 낸 역정은 화장실에서조차 주방을 살펴야 하는 그 바쁜 마음을 알지 못해 내는 고약한 것이었다.

아침을 먹고 나면 점심을, 점심을 먹고 나면 저녁을 준비했다. 자기 전엔 다음날 아침엔 뭘 해야 하나 고민했다. 그렇게 온종일 고민하고 걱정을 해서 반찬을 하고 밥을 차렸는데, 아침에 먹은 반찬이 저녁상에 올라와 있거나 큰 냄비에 끓인 곰국이 며칠째 오르면 또 성을 냈다. 맨날 김치야! 맨날 곰국이야! 내가 매일 아침 씻고 회사에 출근하는 것처럼 엄마가 매번 씻어 갓 지은 밥은 의무라 생각했다. 나는 출근을 하고 월급을 받았지만, 엄마는 집안일을 하고도 돈을 아꼈다.

엄마는 반찬을 손으로 잘 집어 먹었다. 오른손 엄지와 검지로 긴 미역줄기볶음을 집어 왼손을 펴고, 접시처럼 손바닥 위에 얹은 후 입에 털어 넣었다. 김치는 항상 손으로 죽죽 찢어 내 흰 밥 위에 올려주었고, 네 갈래로 갈라 부추를 가득 넣은 뚱뚱한 오이소박이도 손가락으로 떼어내 하나씩 얹어주었다. 너무 길어 가로로 잘라야 할 반찬들도 양 손가락으로 배배 꼬아 툭 끊어 짧게 잘라주었다. 엄마의 손가락은 밥상 위에서 젓가락이자 가위, 숟가락이자 집게였다. 엄마는 항상 반찬 양념이 묻은 엄지와 검지를 닦지 않고 편 상태로, 나머지 세 개의 손가락으로 숟가락을 쥔 채 밥을 먹었다. 두 손가락은 항상 가족 중 누군가 젓가락으로 반찬을 들어 올렸을 때 크거나 긴 것이 보이면, 어김없이 집어 잘라주려고 준비하고 있었다. 식탁 위에서 엄마의 손은 항상 바쁘고 불편했다.

가끔 세탁기 문을 열면 젖은 빨래가 세탁조 겉에 다닥다닥 붙어 있었고, 거실 한쪽엔 빨아놓은 걸레가 쥐어짠 모양 그대로 덩그러니 놓여 있었다. 아침 일찍 부지런히 세탁기를 돌리고 손빨래를 해놓고도, 다른 일을 보느라 널어놓는 걸 자주 깜빡했다. 뭉치고 뒤틀린 채로 말라버린 빨래를 오후 늦게 발견할 때면 엄마는 냄새를 맡아보고는 한숨을 쉬며 다시 빨래를 돌리고 걸레를 빨아야 했다. 파란 빨랫비누는 금세 크기가 작아졌고, 엄마의 손목은 비가 오지 않아도 시큰거렸다.

종일 비질을 하는데도 머리카락은 어김없이 바닥마다 보였고, 그것은 가끔 흰밥과 김치 속에서도 꼬불거려 있었다. 짧고 말려 있는 머리카락은 누가 봐도 엄마의 것이었다. 맛있는 반찬을 내어놓고도, 나 혹은 아빠가 반찬 속에서 그 머리카락을 발견해 손으로 집을 때면 세상에서 제일 맛없는 찬을 만든 것처럼 무안해했다. 거실에서 티브이를 볼 때도, 안방에서 로션을 바를 때도, 엄마의 한 손에는 박스테이프가 들려 있었다. 치워도 치워도 영원히 사라지지 않을 것 같은 머리카락이 엄마 눈엔 항상 거슬렸다. 방바닥에는 엄마의 것보다 길고 짧은 머리카락이 훨씬 더 많았지만, 엄마는 묵묵히 박스테이프를 이로 잘라 한 바퀴를 돌려 붙인 후 찍찍 머리카락을 청소했다.

188

몇 날 며칠 베란다 신문지 위에 말려놓은 무청은 물에 불려 냄비에 넣고 몇 시간을 삶아 시래기를 만들었다. 초록색의 매실 꼭지를 일일이 떼어내 5리터짜리 병 두 개에 나눠 담아 설탕을 한가득 붓고, 뚜껑을 열었다 닫았다 한동안 살피며 공을 들였다. 젊었을 땐 메주에 소금물을 부어 몇 달 동안 숙성시켜 장까지 담갔다. 그 오랜 정성들은 시래깃국과 된장찌개, 매실차가 되었다. 한 그릇과 한 컵에 담긴 엄마가 보낸 긴 시간을 나는 한입에 삼켰다. 먹는 건 언제나 간단했다.

엄마가 엄마로 애써온 대부분의 것들은 기억되지 않았다. 어김없이 반복되었고 티 나지 않았으니까. 계속한다고 줄어들거나 나아지는 게 아니라, 그 상태를 유지하거나 그대로였으니까. 집 안의 모든 것들을 고스란히 있게 하기 위해 엄마는 부지런히 움직여야 했다. 먼지는 쌓이지 않았고, 옷은 항상 깨끗해졌고, 냉장고는 언제나 채워져 있었다. 어떤 것이 보호되거나 지탱될 때, 어떤 이는 축이 나고 지쳐간다.

엄마가 평생 해낸 집안일과 엄마가 평생 만든 음식들은 한 끼의 식사가 끝나거나 하루가 끝나고 나면 다 잊혀졌다. 그것은 자식이 한 가장 큰 망각이자 잘못이었다.

세 상 에 서
제일 맛있는 김장김치

찬바람이 불어오면 엄마는 김장 준비를 한다

매년 11월 즈음. 찬바람이 불어오면 엄마는 슬슬 김장 준비를
시작한다. 일 년에 한 번 엄마가 가장 공들이고, 애쓰고, 애태우
는 시간. 아주 어릴 적 내가 기억 못 하는 몇 번을 제외하고도 지
금까지 적어도 서른 번은 넘게 했을 엄마의 김장. 그런데도 아직
까지 김장철이 다가오면 엄마는 한숨부터 내쉰다. 엄마의 김장
준비는 걱정이 첫 번째 준비물이다. 올해는 또 몇 포기를 해야
할지, 배춧값은 한 포기에 얼마인지, 새우젓은 얼마나 사야 하는
지, 고춧가루는 또 어디서 주문할지, 하나부터 열까지 다 걱정투
성인 김장. 엄마에게 김장은 가장 중요한 연례행사이자 가장 큰

고민이다. 하지만 또 막상 하고 나면 한 해가 든든해지는 가장 큰 보물이기도 하다.

엄마는 김장하는 날 일주일 전부터 시장에 가 입구에서부터 제일 안쪽까지 모든 채소가게에 들른다. 제일 싸고 좋아 보이는 가게에서 배추를 주문하고, 집에 돌아와 옆집과 동네 아주머니들에게도 얼마에 샀는지를 또 묻는다. 비교하고 따져보고 백 원이라도 아끼려 열심히 발품을 판다. 나 같으면 인터넷 최저가 검색을 해볼 텐데, 엄마는 검색을 할 줄 모르니 손과 발로 수색을 한다. 물가 수색의 일인자 우리 엄마. 그렇게 김장하기 전날 모든 재료 준비를 마치면 비장한 얼굴로 잠자리에 든다.

대망의 김장하는 날. 새벽 4시 엄마는 일어난다. 자는 둥 마는 둥. 밤새 거실 한쪽에 쌓아둔 배추가 신경 쓰여 잠을 거의 못 주무신다. 누가 훔쳐가는 것도 아닌데, 집에 배추가 쌓여 있으면 빨리 절여야 된다는 생각에 매해 엄마는 잠을 설친다. 아빠는 매일 새벽 4시 반에 일어나 곤히 잠들어 있는 아내와 딸을 두고 일을 나가셨는데, 김장을 하는 날이면 여전히 잠들어 있는 딸과 배추에 소금을 뿌리고 있는 엄마를 두고 일을 나간다. 그날 새벽 나는 아파트 복도에서 들리는 아빠의 '직직' 운동화 끄는 소리와, 거실에서 들리는 엄마의 '칙칙' 소금 뿌리는 소리에 잠을 설친다.

"엄마 뭐 해? 지금 몇 시야?"

눈도 못 뜨고 거실로 나가 엄마에게 묻는다.

"배추 절여. 빨리 숨을 죽여놔야 뭘 하든가 말든가 하지."

그렇게 이른 새벽, 엄마는 배추 40포기의 목숨을 칙칙 부지런히 끊는다. 아침에 일어나 보면 거실 한쪽 빨간 대야에 숨이 죽은 채 쌓여 있는 배추들을 본다. 삼가 고채菜의 명복을 빕니다. 잠시 묵념을 하고, 나도 엄마와 함께 비장의 김장 담그기를 시작한다. 신문지를 깔고 우리 집에서 제일 큰 빨간 대야를 거실에 놓으면 방바닥이 다 가려져 사라진다. 엄마는 가끔 김장을 할 때, 대야를 놓고도 한쪽에 널찍하니 거실이 더 있었으면 좋겠다 혼잣말로 얘기했다. 어릴 적 우리 집 거실은 딱 김장용 빨간 대야만 했다.

굵은 무도 채칼로 박박 갈아놓고, 쪽파도 듬성듬성 썰어놓고, 가스레인지 위 커다란 냄비 속에 미음 같은 새하얀 찹쌀풀도 엄마는 일찍이 쑤어놓았다. 그러면 나는 엄마가 가져오라는 것들을 챙겨 대야 앞에 갖다 놓거나 대야 속에 부어드리며 엄마의 보조역할을 했다.

"쩌 가서 거시기 좀 가져와!"

"이제 빨간 거시기 부어봐."

"냄비 갖고 와서 거시기 다 부어부러!"

나는 베란다에서 새우젓을 가져오고, 빨간 고춧가루를 붓고, 냄비를 들고 와 찹쌀풀도 대야 속에 다 붓는다. 척하면 척. 김장 보조 30년. 이제 나는 엄마의 '거시기'를 다 안다.

"아이고! 우리 딸 없으면 김장을 어찌한데잉?"

내가 거시기를 척척 갖다 드리면 엄마는 기분이 좋아져 나에 대한 애정을 거시기하게 표현한다.

사실 엄마의 김장은 나 말고도 아빠도 잘 도와주었다. 일을 나갈 때도 있었지만 가끔 일이 없는 날과 김장 날이 겹칠 때면 아빠도 나와 함께 엄마의 보조역할을 잘 해주었다. 내가 자잘한 것들을 나르고 붓고 심부름을 하면, 아빠는 주로 무거운 것들을 들어주고 큰 설거지를 도와주었다. 엄마가 무를 채칼에 갈다 팔이 아프다고 하면 이내 아빠가 이어서 갈아주었고, 엄마와 내가 김장 속을 다 버무리고 나면 빈 대야를 화장실로 가져가 씻어주었다. 버무려진 김치를 통에 다 담고 화장실에 가면 세면대 옆에는 아빠가 씻어놓은 빨간 대야와 파란 바가지가 바닥에 엎어져 있었다. 쓰레기통이 채워지면 얼른 나가 비우고 오고, 오는 길에는 잊지 않고 수육용 돼지고기도 사왔다. 맛 내는 건 엄마가 힘쓰는 건 아빠가 했다. 평생 몸 쓰는 일을 해서 그런가. 사랑도 몸으로 표현하는 아빠. 엄마의 손맛과 아빠의 힘과 나의 보조로 완성된 김장김치. 그 김치는 세상에서 제일 맛있었다.

빨간 대야가 치워져 다시 방바닥이 드러난 우리 집 거실. 그 위에 작은 상을 펴고 막 담근 김장김치 한쪽을 꺼내 수육 위에 얹어 먹는 그 한 끼의 식사는 세상에서 제일 맛있는 음식이었다. 엄마가 손으로 죽죽 김치를 찢어 아빠와 나의 숟가락 위에 얹어 주면 경쟁하듯 얼른 입안에 욱여넣고, 우리는 오물오물 서로를 바라보며 맛있다고 외쳤다. 엄마는 그 순간을 위해 일주일 전부터 발품을 팔고, 전날 새벽잠을 뒤척이고, 허리가 끊어질 정도로 김칫소를 버무렸다. 어쩌면 아빠도 그걸 알아 그날은 일부러 일을 나가지 않고 엄마를 도와준 것이 아닐까 짐작해본다.

남편과 자식이 김장김치에 맛있게 밥 한 그릇을 비우면 엄마의 속이 든든해진다. 아빠와 나는 배부르고 엄마는 마음이 부르다. 그게 좋아서 엄마는 매년 찬바람이 불어오면 어김없이 김장 준비를 시작한다. 시장을 가고, 가격을 묻고, 채소를 다듬고, 김치를 먹을 가족을 생각한다. 걱정도 하고 한숨도 쉬고 잠도 뒤척이지만, 엄마에게 김장은 가장 중요한 연례행사이자 또 막상 하고 나면 마음이 든든해지는 가장 보람된 일이다.

엄마의 손맛과 아빠의 힘과 나의 보조로 완성된 김장김치. 세상에서 제일 맛있는 김장김치. 김치. 김치. 김치. 웃음이 난다.

194

딸이 만드는
엄마의 반찬

엄마는 자격증 없는 한식 요리사

엄마의 고향은 전라남도 순천. 맛깔나게 오이지를 무치고 기가 막히게 김치를 담근다. 내가 볼 때는 고춧가루도 '턱' 소금도 '슬슬' 간 마늘도 '대충' 넣는 것 같은데 완성된 찌개의 맛은 '딱'이다. 엄마는 요리를 참 잘한다. 다만 그 요리의 종류는 반찬과 국, 찌개에 한정되어 있다. 평생 밥상만 차린 엄마는 자격증 없는 한식 요리사다.

엄마는 동지가 되면 팥죽을 쑤고 복날이 되면 삼계탕을 끓였다. 한여름엔 오이냉국을 새코롬하게 무쳐주었고, 다 쉬어버린 김치도 어느 날은 씻어서 된장을 넣고 지져주었고, 어느 날은 총 총 썰어 맛있게 볶아주었다. 시기와 절기, 계절과 시간에 맞게 엄마는 음식에 충실했다. 어렸을 때는 몰랐다. 때와 철에 맞는 음식을 챙기는 일이 얼마나 대단한 마음인지를. 그래서 엄마는 항상 싱크대 앞에서 가스레인지 옆에서 많이도 바빴다.

새댁인 나는 아직 인터넷 검색 없이는 요리하기가 힘들다. 자주 끓이는 김치찌개도 간 마늘을 넣었는지 안 넣었는지, 가끔 무치는 나물도 국간장을 넣어야 하는지 진간장을 넣어야 하는지 매번 헷갈린다. 들어가는 재료와 정량 그리고 시간을 알아야 완성해낼 수가 있다. 나는 음식의 간을 검색으로 맞춘다. 서너 일 밥을 했으면 하루 정도는 시켜 먹어야 하고, 귀찮아서 번거로워서, 장 보는 대신 사 먹는 경우도 있다. 엄마는 무슨 일이 있어도 자기 손으로 밥을 했는데, 나는 아무 일이 없어도 내 손으로 밥을 시킨다.

어느 날 저녁상을 차리러 냉장고를 열어보니 열무김치에서 쉰내가 풀풀 났다. 버리려고 하는 찰나 새코롬한 엄마의 열무된장지짐이 떠올랐다. 엄마는 가끔 남은 찬밥에 물을 말아 된장을 넣고 지진 열무김치를 냄비째 놓고 밥을 먹었다.

쉬어버린 열무김치를 음식물 쓰레기봉투 대신 물에 씻어 냄비에 담고, 된장을 '툭' 하고 퍼 넣었다. 하얀 설탕도 '솔솔' 뿌리고, 다진 마늘도 '대충' 넣고, 고소한 들기름을 두르고 '휘휘' 저어 물을 붓고 끓였다. 그 기름이 '참'인지 '들'인지 순간 헷갈렸지만, 엄마는 무언가를 볶을 때는 노란 뚜껑의 들기름을 넣어야 맛이 좋다고 했다. 신기하게도 음성지원이 됐다. 그렇게 나는 검색 없이 반찬 하나를 뚝딱 만들어냈다.

엄마의 반찬을 내가 만든다. 수백 번 수천 번을 먹었을 내 입과 속은 엄마의 맛을 기억하고 있었다. 찬밥은 없었지만 따뜻한 밥에 기어코 찬물을 말고, 일부러 냄비째 김치지짐 하나만 놓고 밥을 먹었다. 내가 보았던 엄마의 밥상. 정신없이 먹다 보니 젓가락도 없이 먹었다. 진정한 밥도둑. 엄마가 찬밥에 반찬 하나를 겨우 놓고 허겁지겁 밥을 먹는 모습을 보며 안쓰러워했던 내 생각을 고쳐먹는다. 그러기엔 너무 맛있는 밥상이었다.

"엄마! 나 오늘 엄마가 해주던 김치지짐 만들어 먹었다? 된장 넣고 지져 먹었어!"

"맛있지! 그게 얼마나 맛있는 건데, 입맛 없을 때 해 먹으면 좋아! 우리 딸 밥 많이 먹었어?"

"응! 두 그릇 뚝딱 먹었어 엄마!"

딸이 어른이 되고 그 어른이 결혼을 하고, 엄마의 자리를, 엄마의 생활을, 조금씩 이해하게 될 때면 더 이상 엄마가 애잔하지

197

만은 않다. 그랬구나. 이해하게 된다. 이해는 인정의 다른 표현이라 나는 엄마를 인정하며 점점 엄마가 되어가는 시간들을 산다. 엄마의 반찬을 내가 만들고, 엄마의 하루를 내가 살아보고, 엄마의 삶을 기억한다. 나는 엄마만큼 음식과 가족에 충실하지 않지만 겨우 흉내내보며 그 위대함을 어렴풋이 짐작해볼 뿐이다.

엄마는 자격증 없는 한식 요리사가 아닌 자격증이 필요 없는 한식 요리사, 생의 전문가, 나의 사랑이다.

설 명 과 이 해 가
필 요 한 대 화 들

엄마의 말이 길어지는 대화의 영역

"엄마 나 오늘 신촌에서 스터디 있어서 갔다가 끝나고 집 근처 스타벅스에서 친구 잠깐 만나서 커피 마시고 올게!"

"응?"

내가 말을 하면 엄마는 대답을 갸우뚱으로 한다. 신촌이 어디인지, 스터디가 뭘 하는 건지, 스타벅스가 어떤 곳인지 엄마는 모른다. 엄마는 자주 나의 말을 잘 이해하지 못했다. 집을 나설 때 어딜 가냐 물어오면 그래서 나는 매번 이렇게 답했다.

"서울 가요."

그래야 겨우 이해를 했다. 두 줄짜리 문장은 한 줄로, 한 줄의 문장은 다시 한 단어로 줄어들었다. 신촌, 강남, 종로는 다 뭉뚱 그려 서울로 말해야 했다.

"뭐 타고 가냐?"

"버스 타고 지하철 타고."

"오매! 멀리 가네."

　시간이 지날수록 난 부모 앞에서 건너뛰는 단어와 문장들이 점점 많아졌다. 상대방이 많이 모른다고 생각되면 말의 생략이 생긴다. 설명도 어느 정도 알고 있을 때 할 수 있는 것이다. 어디서부터 어디까지를 설명해야 할까? 지하철 노선도를 펼쳐놓고 1호선부터 짚어드려야 할까. 믹스커피를 마시며 커피에 대해 알려드려야 할까. 말의 범주는 삶의 반경과도 닮아서 평생 집안일을 했던 엄마는 대화의 주제도 의, 식, 주로 제한적이었다. 그 이상의 단어를 내뱉으면 잘 이해하지 못했다. 그래서 엄마와의 대화가 길어지면 종종 마음이 울적해졌다. 나는 너무나 많은 설명이 필요했고, 부모는 너무나 많은 이해가 필요했기에 굳이 말하지 않기로 스스로 결론 내렸다. 엄마가 무언가를 물어오면 나는 자주 이렇게 답하곤 했다.

"응. 그런 게 있어 엄마."

　엄마도 그런 게 무엇인지 한 번 더 묻지 않았다.

날씨와 밥을 제외한 이해가 필요한 대화를 나는 부모와 너무나도 하고 싶었다. 자라오며 고민 상담도 하고 싶었고, 내가 무언가를 성취했을 때 이게 얼마나 대단한 일인지 자랑도 하고 싶었다. 사랑, 취업, 사회생활, 영역을 불문하고 깊어지는 생각들도 나누고 싶었다. 나이를 먹을수록 내 마음속엔 말들이 쌓였다. 내뱉지 못하고 혼자 욱여넣은 말들은 돌덩이처럼 딱딱해져 나는 가끔씩 말로 체했다. 부모 앞에서 속이 자주 답답했다.

내가 말을 배울 때 나는 엄마에게 자꾸 물었을 것이다. 엄마 이건 뭐야? 엄마 이건 왜 그래? 그때마다 엄마는 어떻게 대답해 주었을까. 아는 것들은 알려줬겠지만 모르거나 귀찮은 것들은 나처럼 그런 게 있다고 뭉뚱그렸을까? 설령 그 대답이 대강이었어도 적어도 내 말에 얹히지는 않았을 것 같다. 모르는 게 당연하고 묻는 게 자연스러운 나이였을 테니. 시간이 흐르고 딸의 언어는 자신이 알고 있는 것보다 너무 많아져 버렸다. 질문의 주체가 바뀌었고 자식의 단어는 늘었다. 엄마는 그런 딸의 말을 듣고 있으면 이해하지 못하는 게 많지만 자꾸 묻는 게 어쩐지 민망하기도 하다. 모르는 게 부끄럽고 묻는 게 더 부끄러운 나이 같다.

체기를 이해로 내려본다. 누구에게나 영역은 있다. 잘하는 것, 잘 아는 것, 못 하는 것, 못 알아듣는 것. 나도 아빠가 공사현장에서 쓰는 단어들을 말하면 못 알아듣듯이, 엄마가 나보다 시장

물가를 그 어떤 경제지표보다 정확하게 파악하고 있듯이 말이다. 엄마가 나에게 길게 이야기해줄 수 있는 분야는 오늘의 반찬과 내일의 날씨, 집 근처 시장물가라서 이제 결혼을 한 나는 엄마와 좀 더 신나게 대화를 할 수 있는 영역을 찾았다.

"엄마. 오늘 저녁엔 뭐 해 먹을 거야?"

"생태 한 마리 사왔지. 찌개 해 먹을라고. 참나물 사다 들기름 넣고 무쳐 먹고, 연근 사다 간장 넣고 졸여서 반찬 했어."

"나도 생태찌개 해 먹어야겠다! 엄마 생태찌개에는 뭐 넣어?"

"아이고 내가 못 살아. 그것도 모르냐? 무도 사야 돼! 두부도 사고, 쑥갓 들어가면 더 맛있지! 그리고 생태 끓일 때…."

엄마의 말이 길어진다. 문장도 길어지고 못 산다고 운을 떼더니 이내 설명을 시작한다. 엄마가 담당하는 대화의 영역. 나는 그동안 그 영역을 몰라 대화하지 못했을 뿐이다.

"엄마. 나 내일 서울 가는데 추울까?"

"춥단다. 아침 기온 영하로 떨어진대. 옷 따뜻하게 입고 가! 미세먼지도 나쁨이래. 마스크 끼고."

갸우뚱거리지 않는 엄마의 정확한 대답이 들려온다. 이제 먹을거리와 날씨는 꼭 엄마에게 먼저 물어봐야지. 엄마의 말에서 오늘의 반찬을 내일의 옷차림을 준비할 수 있으니 그렇게 엄마와 그 영역에서 오래오래 대화하기로 한다.

엄마의 화장대

무채색 엄마의 삶

엄마가 화장을 하고 외출을 하는 일은 내가 화장을 하지 않고 출근을 하는 일과 비슷하다. 거의 없다. 어느 날 이모 딸의 돌잔 치가 있어 엄마는 오랜만에 외출 준비를 했다. 머리를 감고 화장 대 앞에 앉았는데 한참이 지나도 아무런 소리도 움직임도 없다. 안방에 들어가 보니 엄마는 화장대 거울 앞에서 한동안 망설이 고 있었다.

화장대는 있지만 화장품은 없는 엄마. 화장대 위에는 스킨과 로션, 흰머리 염색약과 염색약을 사며 받아온 샘플들이 전부였 다. 그리고 내가 언제 사줬는지 기억도 나지 않는 파운데이션 하나가 기초화장품을 제외한 유일한 화장품이었다. 엄마는 스킨, 로션을 바른 후 다음 화장품을 바르지 못하고 거울만 쳐다보고 있었다. 그러더니 천천히 주름진 무딘 손으로 서투르게 파운데이션을 바르기 시작했다. 그러고는 이내 딸내미를 부른다.

"희정아! 이리 와봐라."

"응, 엄마 왜?"

"…이제 뭐 발라야 되냐."

엄마는 고를 화장품도 없는 텅 빈 화장대 앞에서 망설이고 계셨다. 뭘 발라야 할까가 아니라 뭘 바를 화장품이 없었다. 나도 한참을 망설이다 내 가방 속에 있던 빨간 립스틱 하나를 꺼내 왔다.

"엄마! 내 거 립스틱 발라줄게!"

딸내미 앞에서 어린애 마냥 입술을 쭉 내민 엄마는 그렇게 가만히 그리고 조용히 기다리고 계셨다. 나는 엄마의 입술을 따라 나의 빨간 립스틱을 발라드렸다.

"됐냐? 괜찮냐?"

엄마의 얼굴을 바라봤다. 푸석푸석한 피부, 주름과 기미가 가득한 엄마의 얼굴은 더 이상 파운데이션으로도 가려지지 않았고 빨간 립스틱으로도 살아나지 않았다. 눈, 코, 입 생김새보다 시간의 흔적이 먼저 눈에 들어오는 얼굴. 일흔을 바라보는 한 여인이 앉아 있었다. 엄마의 고된 삶이 얼굴에 생채기 같은 흔적을 남겼다. 보고 있자니 울컥 회한이 목구멍으로 올라온다. 엄마의 얼굴을 코앞에서 바라보는 일은 순식간에 가련해지는 일이었다. 나는 그 감정들을 꿀꺽 삼키고 말했다.

"응! 우리 엄마 화장하니까 너무 예쁘다!"

그 말 한마디에 환하게 웃어 보이며 비로소 엄마는 오랜만에 여자가 된 듯했다.

"엄마! 평소에도 립스틱도 좀 바르고 화장도 좀 해! 하니까 너무 예쁘잖아!"

나는 평소 목소리보다 두 톤 올려, 일부러 반복해서, 예쁘다는 말로 엄마의 얼굴을 위로한다. 엄마의 기분이 좋아 보였다. 그렇게 우리 엄마의 화장은 딸의 빨간 립스틱과 예쁘다는 소리에 피어난 환한 미소로 완성이 됐다. 그러고는 오랜만에 또각 소리 나는 구두를 신고 외출을 하셨다.

엄마가 나간 후 엄마의 화장대를 찬찬히 바라본다. 색조화장품 하나 없는 엄마의 화장대. 무채색 엄마의 나날들이 화장대를 닮았다. 오늘은 집에 오는 길에 빨간 립스틱도 하나 사고, 알록달록 반짝이가 들어간 아이섀도도 색색별로 사고, 주름 개선 기능성이 있는 크림도 하나 사와야겠다. 이제라도 엄마가 조금이나마 지나온 세월의 흔적을 가리고 여자가 될 수 있도록 화장대 위에 놔드려야겠다. 나는 매일 아침 더 이상 놓을 자리도 없는 화장품 가득한 화장대 앞에서 아이크림까지 챙겨 바르며 열심히 얼굴에 화장을 하는데, 텅 비어 있는 엄마 화장대 채워드릴 생각은 미처 못했다.

내 얼굴이 칠해지는 만큼 엄마의 얼굴이 바래는 줄 왜 몰랐을까. 딸이 성숙하는 만큼 엄마는 늙어간다는 것을 왜 몰랐을까. 엄마의 삶을 진즉에 알록달록 칠해드렸어야 했는데 지금은 많이 늦은 걸까.

딸의 이름으로
사는 엄마

희정 엄마, 희정 엄마

오랜만에 엄마 집에 갔다. 20년을 넘게 나도 살았던 집이고, 아직도 내 방이 그대로 있지만 결혼을 한 후로 그 집은 '엄마 집'이라고 부르게 됐다. 아빠가 좀 서운해하시려나. 엄마는 내가 오니 집에 먹을 게 마땅치 않다며 서둘러 장을 보러 가야겠다고 했다. 엄마는 내가 집에 오면 냉장고가 아무리 채워져 있어도 항상 먹을 게 없다고 했다. 같이 갈 거냐며 나에게 묻는 엄마. 대답은 정해져 있다. "당연하지!" '엄마가 제일 좋아하는 일인데!' 뒷말은 속으로 한다. 그렇게 나는 엄마의 손을 잡고 장을 보러 나간다.

집 앞 과일가게에 들어가니 주인 아주머니가 엄마를 반긴다.

"희정 엄마 왔네? 오늘은 딸기가 엄청 맛있는데!"

"우리 딸이랑 왔잖아!"

딸기 얘기를 했는데 엄마는 딸 얘기를 한다. 과일가게 주인은 딸기 자랑을, 우리 엄마는 딸 자랑을 한다. 딸기와 딸 자랑이 넘치는 정겨운 과일가게. 결국 딸기 자랑을 하다 딸이 예쁘다며 맞장구를 쳐주는 아주머니의 말에 엄마는 지갑을 연다. 장사의 신. 자식을 데리고 가게에 온 부모에게 하는 딸과 아들 칭찬은 높은 확률로 구매로 이어진다. 그렇게 한 소쿠리만 사려고 했던 딸기는 한 상자로 업그레이드되어 내 손에 쥐여졌다. 위너는 과일가게 아주머니인 것 같은데 엄마가 기분이 째진다. 딸 바보 엄마.

과일을 사고 나니 이제 생각은 채소로 뻗친다. 시금치를 사서 좀 무쳐 먹어야겠다는 엄마를 따라 이번에는 야채가게로 발걸음을 옮겼다.

"아이고! 희정 엄마 왔어?"

여기에서도 역시나 엄마를 반기는 소리가 들린다.

"우리 딸 시금치 무쳐줄라고. 삼천 원어치만 줘!"

인사를 했는데 엄마는 본론부터 꺼낸다. 오랜만에 온 손님이 반가운 주인과 오랜만에 온 딸이 반가운 엄마. 인사와 할 말이 겹치는 정겨운 채소가게. 결국 서두르는 엄마의 말에 주인 아주머니는 이내 서둘러 시금치를 까만 봉지에 담는다. 오천 원짜리를 내밀고 잔돈 거슬러 받는 것도 잊은 채 내 손을 잡고 얼른 나가려는 엄마에게 사장님은 딸만 챙기지 말고 잔돈도 챙기라며 천 원짜리 두 장을 건넨다. 삼천 원이든 오천 원이든 아무렴 가격은 중요하지 않다. 딸 바보 엄마. 진짜 바보 같은 엄마.

그렇게 한 손에는 딸기를 다른 한 손에는 시금치를 받아들고 집으로 향한다. 모두 다 내가 먹을 것들이다.

집으로 가는 길. 길거리를 걷고 있는데 이번에는 동네 아주머니가 엄마를 반긴다.

"어! 희정 엄마 어디 가? 뭐 맛있는 거 사와?"

"우리 딸 왔잖아! 과일도 사고 나물도 샀지~"

엄마는 조금 신나 보였다. 딸기도 시금치도 다 딸 때문에, 딸 주려고 사는 엄마. 나는 그런 엄마를 보고 있자니 딸기처럼 마음이 달달해지기도, 시금치처럼 마음이 푸릇푸릇해지기도 한다.

과일가게에서도 채소가게에서도 어딜 가나 엄마는 '희정 엄마'로 불렸다. 엄마와 함께 장을 보는 내내 내 이름은 여기저기서 참 많이도 불렸다. 누구나 엄마를 향해 환하게 웃으며 '희정 엄마'라 반겼고, 그렇게 내가 없는 곳에서 내 이름은 항상 불려졌다. 우리 엄만 '희정 엄마'였다.

희정 엄마는 희정이를 위해 딸기를 씻어 내어주고 딸내미가 그 딸기를 맛있게 베어 먹는 동안 참기름과 깨소금을 넣고 조물조물 시금치를 무쳐낸다. 나는 딸기를 채 넘기지 못했는데 시금치 간을 보라는 희정 엄마 덕에 딸기와 시금치를 함께 씹어 삼킨다. 딸기 맛 시금치라니. 달달하고 고소한 엄마 손맛이 입안 가득 밀려온다.

희정 엄마. 내 이름은 그렇게 내가 없는 우리 동네에서 하루에도 수십 번씩 불려지고, 우리 엄마는 그렇게 하루에도 수십 번씩 남들로부터 딸의 이름을 들으며 살아가고 있었다. 나는 동네에서 내 이름이 이렇게나 많이 불려지고 있는지 미처 몰랐다.

오늘도 엄마가 길을 나서면, 장을 보러 가고 어딘가를 들를 때면, 여기저기서 '희정 엄마!' 소리가 들리겠지?

희정 엄마!

희정 엄마!

어느새 엄마의 이름은 네 글자가 되어 있었다.

엄 마 가 싸 준

도 시 락

나는 엄마의 반찬을 언제까지 먹을 수 있을까

밥은 하는 건 귀찮고 먹는 건 좋다. 역시 남이 차려주는 밥이 제일 맛있다. 집밥이 먹고 싶은데 몸도 피곤하고 차리는 건 더 피곤했던 어느 날. 남편도 일이 있어 늦게 들어오는 날이라 퇴근 길 편의점에 들러 도시락 하나를 사서 집에 왔다. 투명한 뚜껑을 열어 밥과 반찬을 차례대로 집어 먹어보며 아무도 없는 집에서 "괜찮네!"를 내뱉고 혼자 오물오물 맛있게 먹었다. 도시락. 밥을 담고 반찬을 담은 도시락. 도시락을 먹고 있으니 나는 문득 중학 교 때 엄마가 매일 싸주었던 도시락이 생각난다. 여름엔 플라스 틱 도시락통에 밥과 반찬을, 겨울엔 동그랗고 길쭉한 보온도시

211

락에 밥과 반찬 그리고 국을 엄마는 매일매일 담아주었다.

　일을 마친 퇴근길 나는 차 안에서 오늘 저녁은 무엇을 먹을 것인가에 대해 치열하게 고민한다. 어제는 고기를 먹었으니까 오늘은 좀 가볍게 먹어야지. 내일은 약속이 있으니까 오늘은 집밥을 먹어야지. 어제는 볶음밥을 해 먹었으니 오늘은 국물 있는 걸 먹어야지. 하지만 그렇게 며칠 동안 나의 밥에 대한 생각은 맹렬하다가도 조금의 피로라도 몰려올라치면 금세 세상 귀찮은 생각으로 바뀌고 만다. 나는 밥보다 잠이다. 밥은 제일 중요했다가도 가장 하찮은 생각이 되어버린다. 그런데 내가 중학생 때 꼬박 3년을 주말을 제외한 매일매일의 반찬을 만들고 준비했던 엄마는 도대체 얼마나 치열했을까.

　비엔나소시지 끝을 잘라 문어 모양으로 볶고, 계란을 풀어 당근과 쪽파를 잘게 다져 넣어 알록달록 예쁜 계란말이를 만들고, 분홍색의 긴 소시지에 계란을 묻혀 동그랗게 부친 반찬들. 점심시간 책상을 모아 둘러앉아 각자의 도시락을 꺼내 펼쳐보면 그런 반찬들은 친구들의 도시락통에 담겨 있었고, 새까만 간장에 졸여진 콩자반, 푸르딩딩 고무줄 같아 보였던 미역줄기, 잿빛 멸치볶음, 그것들은 내 도시락통에 담겨 있었다. 알록달록 유채색 친구들의 반찬 앞에 놓인 무채색 반찬의 내 도시락을 보고 있으면 나는 마음이 우중충해졌다. 유일한 색은 빨간색. 새빨간 김치는 항상 따로 작은 반찬통에 가득 담겨 있었다.

"엄마! 나도 계란말이 해줘!"

친구들의 도시락 속 노란색과 분홍색이 나는 왜 그리도 부러웠을까. 다음날 엄마는 내 투정을 듣고 계란 반찬을 싸주었지만 넓은 프라이팬에 계란 물을 턱 붓고 부쳐 큼직큼직 칼로 잘라 담아주었던 그 생김새가 어쩐지 돌돌 만 것보다 못생겨 보였다.

어느 날은 도시락 뚜껑을 열었는데 반찬통에 배추김치, 깍두기, 열무김치가 가득 담겨 있었다. 나는 김치만 가득한 그 반찬들을 보고 화가 나 먹지도 않고 뚜껑을 확 닫아버렸다. 철없던 시절엔 김치 하나에도 성이 났다. 아마도 엄마는 그날 아침 많이 피곤했거나 바빠서 무언가를 볶거나 부쳐낼 기운과 여력이 없었던 건 아닐까? 이제야 짐작해본다. 그날 내가 어떻게 밥을 먹었는지 아니면 먹지 않았는지 정확하게 기억은 나지 않지만, 엄마가 싸준 그 도시락을 그대로 집에 가져갔던 것은 선명히 기억한다.

"왜 밥을 하나도 안 먹었어?"

"다른 거 먹었어."

아침에 가져간 도시락을 고스란히 그대로 가져온 나. 엄마는 꾸지람도 대꾸도 없이 조용히 식탁 위에 앉아 나에게 싸주었던 도시락을 꺼내 나 대신 먹기 시작했다. 그 모습을 본 나는 평소

213

에도 매일 김치만 놓고 밥을 먹는 엄마가 괜히 미워졌다. 엄마는 왜 맨날 김치만 먹고 김치만 싸주지. 김치가 그렇게 맛있나. 김치도 엄마도 원망했다.

이제 나도 결혼을 했고 반찬을 만들고 끼니 앞에서 고민을 한다. 내가 교복을 입고 학교 갈 준비를 하고 있는 동안 도시락통에 하얀 밥을 담고, 냉장고 속 김치를 꺼내 한입 크기로 잘라 넣고, 콩과 미역줄기, 마른멸치를 볶아 담았을 엄마의 모습이 비로소 보인다. 그 수고와 노고를 이제서야 가까스로 가늠한다. 나는 그 고생을 몰라 엄마의 도시락을 잿빛으로 보았다. 분홍색의 소시지와 까만색의 콩자반은 다 빛나는 반찬들인데 어린 나는 그걸 모르고 뚜껑을 덮고 마음을 닫았다.

하지만 한참의 시간이 지난 지금도 엄마가 쌌던 이십 년 전 도시락은 끝나지 않았다. 훨씬 더 커진 통에 김치를 한가득 담고, 반찬도 가득가득 담아 딸의 손에 쥐여주고, 학교 대신 집으로 돌려보낸다. 묵직한 엄마의 반찬들을 들고 집에 돌아와 뚜껑을 열어보면 중학생 때 보고 화를 냈던 배추김치, 깍두기, 열무김치가 가득 담겨 있다. 한참 동안 그것들을 바라보고 있으면 이제 나는 곰곰이 생각을 하게 된다. 엄마의 도시락은 언제 끝이 날까. 나는 엄마의 반찬을 언제까지 먹을 수 있을까. 어른이 된 나는 김치도 엄마도 원망하지 않는다.

문득 보온도시락에 담긴, 치기 어린 시절 먹지 않았던 그때의 반찬들이 생각난다. 할 수만 있다면 중학생 때로 다시 돌아가 싹싹 비워내 엄마에게 빈 도시락통을 가져다주고 싶다.

"엄마! 엄마 반찬 너무 맛있어서 내가 다 먹었어!"

이제라도 좋은 딸이 되고 싶다.

ৰু০

다시, 나의 이야기

'나'와 잘 살아보자

수고하고 수고하다 보면 고수가 되겠지

나는 오월에 태어났다. 덥지도 춥지도 않은 딱 좋은 계절 봄. 엄마는 그 좋은 계절에 온몸을 떨고 땀을 흘리며 집에서 하얀 천을 입에 물고 악을 참아 나를 낳았다. 1984년 봄. 엄마는 많이 춥고 많이 더웠다. 그해 엄마의 봄에는 여름과 겨울이 함께 있었다. 산파가 나를 받았는데, 엄마의 자궁 속에서 빠져나온 나는 세상 앞에서 울지 않았다고 한다. 분명 아이를 낳았는데, 아이가 나왔는데, 아무 소리도 나지 않아 엄마와 산파는 순간 사생아가 나온 줄 알고 입을 틀어막았다. 출산의 기쁨이 아닌 출산의 적막. 자세히 보니 태반을 벗지 않고 하얗게 둘러싸인 채 조용히 가만히 있었다고. 태반을 벗기니 그제야 악을 쓰고 울었다고 한다. 엄마가 참은 악은 나에게로 와 나는 그 악을 한 템포 느리게 세상에 질러댔다. 아가들이 태어나자마자 우는 건 엄마들이 다 질러대지 못한 악 때문일까. 아니면 배 속에서 들은 엄마의 악을 처음으로 흉내 내보는 것일까. 엄마 배 속에서 세상으로 빠져나오는 그 순간 나는 내가 해야 할 일을 하지 않았다. 태반을 찢고 나왔어야 할 나의 생애 첫 번째 임무를 간과한 것이다. 그래서 자라면서 그렇게 뭐든 알아서 하려 했나 보다. 죄책감에.

할머니는 나를 2월생으로 호적에 올렸다. 학교에 빨리 가라는 이유에서였다. 내가 오월에 태어났든 유월에 태어났든 할머니에게 내 주민등록번호의 생일은 01 아니면 02였을 것이다. 옛날에는 왜 그렇게 뭐가 다 대충이었고 마음대로였을까. 얼렁뚱땅이 가능했던 시절이었겠지. 나는 세상에 몸뚱이보다 숫자로 먼저 기록되었다. 그때는 그랬다. 1, 2월생이 아니더라도 일곱 살에 학교에 가는 아이들이 있었고, 나처럼 주민등록번호와 생일 혹은 태어난 년도도 다른 사람들이 많았다. 우리 엄마가 그랬고 나도 그랬다. 모두가 여유가 없었던 시대. 뭐든 빨리빨리 하지 않으면 큰일 나는 줄 알았던 시절. 나도 빨리빨리 자라 학교에 가야 했고 돈을 벌어야 했다. 그렇게 나는 성급하게 자랐는데 이상하게도 누구보다 침착했다.

고등학교 3학년. 수능을 잘 본 것도 아니었고 못 본 것도 아니었는데, 아빠는 나에게 4년제 대학교에 보내줄 수 없다며 네가 원한다면 전문대학 정도는 아빠가 노력해 등록금을 마련해보겠다고 했다. 원래는 이 대목에서 되게 슬프고, 가난을 원망하고 애처로워야 하는데 익숙해서 그런가 괜찮았다. 오케이. 알겠어요 아빠! 4년제 대학교 합격통지서를 찢고 전문대학에 장학금을 받아 진학했다.

졸업을 앞두고 나는 이제 내 힘으로 내가 하고 싶은 것들을 해나가리라 마음먹었다. 아빠가 4년제에 보내줄 수 없다면 내가 가야지, 편입 공부를 해야겠다 결심했다. 하지만 부모님은 내가 빨리 취직하길 원했다. 어디라도 들어가라. 무슨 공부를 또 하려고 하니. 학업과 취업 사이에서 고민하던 나는 결국 이력서를 썼다. 사실 나도 돈을 벌고 싶었다. 돈이 있고 싶었다. 부모님이 그토록 바라던 회사원이 되었다.

첫 직장생활. 공부에 미련이 많았지만 미련은 쓸모없었고 돈은 쓸 데가 많았다. 월급을 생각하며 공부를 생각하지 않았고 잘 다녀보고자 돈을 벌어보고자 마음을 다잡았다. 그런데 얼마 지나지 않아 알았다. 사회생활은 철저히 학력에 따라 직급이 나뉘고 대우도 다르다는 것을. 전문대졸 여사원에게는 커피 심부름, 복사, 지출결의 업무 외에 다른 것들은 주어지지 않았다. 모든 회사가 그런 것은 아닐 테지만 내가 다녔던 회사는 그랬다. 커피를 타고 복사를 하고 영수증을 받아들 때마다 혼란스러웠다. 생각하고 창조하는 업무는 전혀 없었고, 생각 없이 반복하는 업무만이 주어졌다. 나는 그 단순한 업무를 매일 반복했는데 이상하게 자꾸만 생각이 많아졌다.

입사 3개월, 회사를 그만두었다. 나는 다시 편입 공부를 해야겠다고, 꼭 반드시 해야겠다고 작심했다. 3개월 동안 받은 월급을 모아 편입학원을 등록하고 생활비를 마련했다. 시험 때까지 나에게 주어진 시간은 6개월도 채 되지 않았다. 마음이 조급했다. 학원에 제일 처음 들어가 제일 늦게 나왔다. 그때의 나는 내가 봐도 독했다. 학교는 졸업했고, 직장도 때려치웠고, 돌아갈 곳도 다른 선택지도 없었다. 선택의 수가 하나밖에 없을 땐 포기하거나 모든 것을 걸게 된다. 내가 가진 모든 시간과 집중력을 걸었다. 밥 먹는 시간이 아까워 소시지를 입에 물고 문제집을 풀었고, 잠자는 시간이 아까워 수면시간 4시간이 넘으면 저절로 눈이 떠졌다. 시험 한 달 전에는 차 타는 시간도 아까워 내 방에 하루 종일 틀어박혀 밥 먹을 때와 화장실 갈 때 빼고는 나오지 않고 공부했다.

그렇게 나는 다시 학생이 되었다. 정확히 말하면 4년제 대학교생. 캠퍼스를 누비며 걷고 있는데 나는 왜 이 풍경을 그리도 돌고 돌아 어렵게 보는지 스스로가 조금 애달팠다. 하지만 편입 후 다시 공부를 하며 자존감이 충만해졌다. 하면 된다. 이 진부하고 간단명료한 네 글자가 진짜임을 몸소 체험했다. 생각이 밝아졌고 꿈이 커졌다. 내가 바라는 무언가에 온 마음을 몰두한다면 결과가 있다는 것을 알게 되었다. 하고 싶은 일에 집중하자. 대학교 4학년 졸업반, 아나운서가 되고 싶었다. 졸업 후 사내 아나운서가 되었다.

물론 그 후로도 나의 방황은 끝나지 않았다. 이십 대. 입사와 퇴사를 수없이 반복했고, 직장인과 백수를 오가며 공중파 아나운서에 대한 꿈을 펼쳤다 접었다를 반복했다. 회사를 다니며 돈을 모으면 다시 백수가 되어 그 돈을 쓰며 아나운서 준비를 했다. 물결치고 요동치고. 중2 때는 사춘기를 이십 대에는 이십춘기를 병처럼 앓았다. 자꾸만 아나운서 최종면접에서 떨어지는 내가 아까웠다. 차라리 1, 2차에서 떨어졌다면 아니구나 받아들일 텐데, 실기와 필기시험을 거친 최종면접은 실력의 문제라기보다 그 순간 우주의 기운이 나를 도와주어야 하는 것임을 알기에 운을 탓할 수밖에 없었다. 시험을 치르면서도 온전히 아나운서 준비생으로만 있을 물적 심적 여유는 없었으므로 회사를 다니며 남몰래 아나운서 모집공고를 챙겨보았다. 그렇게 스물여덟 12월. 나는 마지막으로 시험을 보자 다짐했던 광주 MBC에 합격했다.

이후 제주 MBC로 이직했고 다시 서울로 돌아왔다.

　돈과 꿈 사이에서 나는 많이 우유부단했다. 대기업에 들어가고 높은 연봉을 받으면 꿈을 접을 수 있다고 생각했는데, 대기업에 들어가니 꿈 생각이 더 간절해졌다. 나보다 훨씬 더 똑똑하고 학벌도 좋고 집안도 좋은 친구들을 보고 나는 아나운서는 안 되겠다 생각했는데, 카메라 테스트를 보고 면접을 볼 때마다 통과하는 나를 보며 되겠다 싶었다. 미련은 결과를 떠나 해봐야 사라진다. 나의 가장 큰 미련은 아나운서였다. 결국은 이뤘다.

　지난한 과정이었다. 지름길로 가도 쉽지 않았을 것을 돌고 돌아 꾸불꾸불 많이 돌아왔다. 부모님은 얼마나 애가 탔을까. 나는 평범을 위해 애쓰며 사는 부모 아래서 애써 그 안정을 거부하는 자식이었다. 본능적으로 알았다. 내가 이 미련을 없애지 않는다면 평생 서럽겠구나. 내 꿈을 이루지 못한다면 내가 아닌 부모를 원망하겠구나. 엄마와 아빠를 생각하면 눈물부터 나는 이 감정을 극복할 수 없겠구나. 무엇보다 내가 행복하지 않겠구나. 애써 비범해지려 사서 고생했다. 청춘이었으니까.

　자라는 동안 세상은 나를 매번 보챘다. 태어나지도 않은 나를 할머니는 빨리 학교에 가라며 2월생으로 호적에 올렸고, 공부를 더 하고 싶었던 나에게 부모는 취직을 권유했다. 무엇보다 빨리 돈을 벌어야 했다. 그래서 나는 매번 조급해하며 살았다. 하루하루가 애가 탔고 모든 날이 노심초사했다. 내 주변의 모든 것들이 빨리 어른이 되라고, 얼른 성인이 되라고, 부추기는 것 같았다. 어린 나는 저만치 걸어오고 있는데, 어른인 척하는 나는 뛰어야만 했다. 그러니 숨이 차고 자주 넘어졌다. 넘어질 때마다 뒤를 돌아보면 저 멀리 미숙한 내가 울고 있었다.

처음엔 잘 뛰는 내가 기특했다. 남들보다 빠른 나는 항상 앞질러 갔다. 행동은 마음이 급하면 저절로 빨라진다. 빨리 학교에 갔고, 빨리 졸업했고, 빨리 취직했다. 하지만 맨 앞에서 열심히 달리던 나는 혼자 외로웠고, 무리 지어 손잡고 천천히 잘 걸어오는 친구들이 부러웠다. 나는 이제 숨이 차다. 그동안 나는 많이 수고했다.

하지만 경험치는 한 사람의 가장 큰 내공이 되기에 나는 단단한 사람이 되었다 생각한다. 이제 보니 다양한 경력도 남았고, 여러 곳과 많은 사람들을 통과하며 관계와 생활 속 깨달음도 얻었다. 단단한 사람. 대단한 사람만큼이나 의미 있는 인간 같다. 삶이 지루할 틈이 없었다. 크게 보면 나는 내가 하고 싶은 일을 업으로 삼아 재미있게 살았다. 감사한 일이다.

수고하고 수고하다 보면 고수가 될 것이라 믿고 앞으로의 날들도 품 들여 보자 각오한다. '최고의 고수는 가장 유연한 자이

다'라고 고 황현산 작가는 썼다. 그렇다면 나는 많이 휘어지고
싶다. 툭툭 끊어지고 넘어지고 부러졌던 삶이니 이제 앞으로는
부드럽게 살아가고 싶다. 유연한 내가 되고 싶다.

터무니없었던 나

이제 적당한 온도의 시간들을 바라본다

나는 여유가 없었는데 여유롭게 살았다. 돈이 없었는데 부족하게 지내지 않았다. 아등바등 사는 부모님을 보며 애쓰기 싫었다. 애쓰는 삶은 대단한 것이지만 지겨웠다. 엄마는 가끔 설거지와 방청소를 하며 '아휴… 지겨워' 나지막이 내뱉었다. 누구보다 부지런히 사는 아빠와 엄마는 아이러니하게도 가끔 삶이 권태로웠다.

고등학교 2학년 때부터 아르바이트를 했다. 집 앞 작은 식당에서 서빙을, 집 옆 편의점에서 계산을, 동네 우체국에서 우편물 분류를, 카페에서 커피와 샌드위치를 만들었다. 한 달 아르바이

226

트비를 받으면 내가 사고 싶은 것들을 샀다. 고2 첫 아르바이트 월급으로 키보드를 샀는데 작았던 내 방에 놓을 공간이 없어 책상 위에 얹어두고 쳤다. 너무 갖고 싶어 공간을 생각하지 않고 저질렀다. 그때는 내가 뮤지션이 될 거라며 터무니없었다.

직장인이 되고 월급을 받으면 해야 할 것이 많았다. 갚아야 할 학자금 대출도 있었고, 부모님께 적지만 용돈도 드리고 싶었고, 미래를 위해 차곡차곡 모아야 할 이유도 있었다. 하지만 나는 돈을 모으지 않았다. 대출은 이자만 내고, 상환 기간은 최장 길게. 앞날을 위해 저축하지 않고 오늘을 위해 자축했다. 월급을 받으면 예쁜 옷을 사러 갔고, 갖고 싶었던 것들을 구매했다. 아끼지 않았다. 누리고 싶었다. 내가 번 돈이니까 내 돈으로 만끽하고 싶었다. 그 돈으로 있는 척했고 잘난 척했다. 대기업에 다녔고 아나운서였으니 월급과 직업으로 척할 수 있었다. 나를 부잣집 딸로 보는 주변 사람들의 시선이 싫지 않았다. 반대의 경우보다 낫다고 생각했다. 그것이 내가 부리는 설익은 자존심이었다. 그것이 내가 나의 환경을 잊고 지금을 향유할 수 있는 방법 같았다.

엄마는 만 원 앞에서 망설였지만, 나는 십만 원 앞에서도 내가 갖고 싶다면 고민이 없었다. 아빠는 돈이 없어서 없다고 생각했고, 있어도 없다고 생각했는데 나는 그게 참 답답했다. 왜 돈을 벌기만 하고 쓰지는 않지. 언제 쓰려고 안 쓰는 거지. 철없던 나는 씀씀이가 헤펐다. 부모님처럼 돈이 없어 포기하고, 앞날을 생각해 오늘날 고생하는 건 너무 싫었다. 마음이 동하면 어떻게 해서든 수단을 만들어냈다. 무엇이든 오늘과 마음에 집중하며 선택했다. 그렇게 많이 저지르며 청춘을 보냈다. 계획이 없는 게 계획이었고 대책이 없는 게 대책이었다.

살아가며 무궁무진한 걱정과 이유들은 항상 존재했다. 우리 집은 여유가 없는데 괜한 나의 욕심이 아닐까, 지금 나의 선택이 괜찮은 걸까, 나도 많이 염려했다. 하지만 나는 걱정은 많았지만 무모했고, 겁도 났지만 대범했다. 그것들을 잘라내야 내 앞에 놓인 어지러운 짐들이 정리될 수 있다는 걸 알았다. 인생 플러스 마이너스 제로. 내 인생 모토이자 선택이 가벼워지는 주문이다. 열심히 중얼거리며 나의 씀씀이를 합리화했다. 내 앞에 놓인 처지를 생각하면 아무것도 할 수 없었다. 오로지 아끼고 모아야만 했다. 그러고 싶지 않았다. 미룰 수 있는 건 미뤄야지. 그래야 내가 우선순위가 될 수 있으니까. 한 선배는 나에게 은행에서 대출받을 수 있는 금액까지가 너의 자산이라며 빚을 부추기기도 했다. 나에겐 빚이 빛이었으니까. 동의했다.

스물일곱 직장을 그만둔 후 배낭을 메고 스페인 산티아고 순례길에 올랐다. 무식해서 용감했고 무모해서 떠났다. 10kg짜리 배낭을 메고 800km를 걸었다. 그때의 나는 내 앞에 놓인 현실과 사람에 치여 많이 지쳐 있었다. 무작정 여행을 가야겠다고 결심했는데, 캐리어를 끌고 유유자적하는 여행은 나중에 언제라도 할 수 있을 것 같았다. 우연히 서점에서 본 산티아고 순례길 책자를 보고 비행기 티켓을 예매했다. 그때 나의 통장 잔고는 백만 원 남짓. 그 돈으로 두 달 유럽여행은 턱도 없었다. 카드를 긁어 비행기 티켓을 끊고, 친구에게 배낭과 침낭을 빌려 가방을 쌌다. 지금까지의 인생에 가장 단순하고 찬란했던 시기. 여행을 다녀오니 카드 값 삼백만 원이 기다리고 있었고, 다시 열심히 돈을 벌어야 할 이유가 충만해졌다. 나는 카드빚으로 삶의 동력을 얻었다.

사실 지금의 나는 스물일곱의 내가 부럽다. 요즘의 나는 왠지 겁이 나고 문득 소심해진다. 선택은 망설여지고 생각의 방향은 오늘보다 다가올 날들에 향해 있다. 따져보니 가지고 있는 것이 많아져서 그런 듯하다. 그때보다 생활의 여유도 생겼고, 돈도 모았고, 카드도 늘었다. 소유가 불어나면 여유가 생길 줄 알았는데 아니었다. 여유는 확실히 심적 영역이 훨씬 크다는 것을 몸소 느끼는 요즘이다. 나는 여전히 플러스 마이너스 제로 주문을 믿고, 마이너스만 아니라면 그런대로 괜찮은 삶이라 생각한다. 하지만 카드를 긁어서라도 떠날 수 있는 용기와 계획 없이 저지르는 일은 이제 쉽지 않다. 카드빚이 있으면 동력이 떨어진다. 커피 한 잔을 사 마실 때도 우물쭈물해진다. 나는 변했다. 터무니없던 나는 선택 앞에 터무니가 많아졌고, 단순했던 나는 시간 앞에 염려가 늘었다.

서른둘의 한 후배가 잘 다니던 대기업을 그만두고 혼자 배낭여행을 떠난다고 했다. 그가 떠난다고 했을 때 주변 사람들의 반응은 두 가지로 나뉘었는데, 그보다 나이가 어린 사람들은 멋있다, 용기가 대단하다, 부럽다의 반응을 보였고, 그보다 나이가 많은 사람들은 무모하다, 후회할 것이다, 신중하게 생각하라는 조언을 했다고 한다. 그래서 그는 떠났다. 자신도 나이가 더 들면 저들처럼 스스로를 무모하다 생각할 것이므로, 지금 가야겠다는 생각이 들었다고 한다. 떠나야 할 분명한 이유다.

오늘을 자축하고 헤프고 담대했던 나는 청춘이었다. 물론 나는 지금도 청춘이라 생각하지만 그토록 푸른 청춘은 다시 오긴 쉽지 않을 것 같다. 그러니 갖기 전에, 후회하기 전에, 나이 먹기 전에, 한 번쯤은 아니 여러 번쯤은 터무니없어 봐야 하는 건 아닐까? 어차피 저당 잡힐 오늘이고 두려워질 앞날이라면, 한 번쯤은 내지르고 마음대로 휘둘러봐야 하지 않을까? 나는 내둘러봐서 다행이다. 후회 없다. 내가 쿨한 건 질러봐서다.

비록 앞으로는 쿨하지 못해 미안할 것 같지만, 적어도 미지근

한 나날들을 위해 노력은 해봐야겠다. 이제 나는 한때 뜨거웠던 청춘과 차가웠던 과거보다, 적당한 온도의 시간들을 바란다. 알뜰까진 자신 없지만 알맞게, 대담까진 아니더라도 넓은 마음으로, 다가올 날들을 어떤 감정으로든 예단하지 않고, 적은 금액의 적금도 챙기면서 계속 청춘이어야지.

서른셋

이기적인 딸

엄마 아빠의 마음은 많이 따가웠을까

5년 동안의 타지생활을 접고 다시 부모님과 살게 되었다. 그때 나의 나이는 서른셋. 다 커버린 딸이 부모가 필요했다기보다는 늙어버린 부모가 자식이 필요했다고 하면 너무 과한 표현일까? 직장 때문에 지방에서 혼자 살다 회사를 그만두고 다시 서울에 올라와야 했을 때 집에서 다시 같이 살았으면 좋겠다고 한 건 엄마와 아빠였다. 부모님은 내가 필요했다. 환갑을 지나고 일흔을 넘기며 몸은 쇠잔해지고, 자꾸만 놓치는 일상의 것들은 늘어나고, 무엇보다 허한 마음들을 막내딸인 나라도 채워주길 바라셨을 것이다.

나는 독립을 하고 혼자 살며 밥도 잘 못 챙겨 먹고 집안일도 모두 내가 해야 했지만 홀가분했다. 나만 신경 쓰면 되는 생활이 가뿐했고 내 마음대로 할 수 있는 날들이 개운했다. 하고 싶은 것들과 내 능력의 일들을 모두 누리며 살았다. 어느 순간부터 부모를 눈감아야 내가 살 수 있었다. 내가 챙겨야 할 집안일들과 내가 돌봐야 할 부모를 제쳐두어야 내가 하고 싶은 일을 할 수 있었다. 나는 이제 밥보다 내 마음이 더 중요해진 이기적인 딸이다.

지방에 살며 한 달에 한두 번 본가로 올라와 아빠와 엄마를 마주할 때면 나는 챙겨야 할 것들이 많았다. 휴대폰, 티브이, 전화기, 집 안의 각종 전자기기들은 설정이 다 뒤죽박죽되어 있었고, 여기저기서 날아온 고지서는 뜯겨진 채로 잔뜩 쌓여 있었다. 내가 집에 오면 엄마는 그 종이들을 내 앞에 내밀었고, 아빠는 비행기모드가 눌려 전화가 걸리지 않는 휴대폰을 내밀었다. 대기모드로 전환된 티브이는 켜 있어도 깜깜했다. 부모님의 눈에는 그저 다 고장 난 것들이었다. 하나하나 설정을 바꾸고 내야 할 세금과 신청해야 할 것들을 정리하고 나면 나는 엄마 아빠가 있는 그 집을 나가 내가 혼자 사는 원룸으로 다시 돌아가고만 싶었다. 왜 나의 부모는 할 줄 아는 게 없는지… 뭉개져 비뚤어진 마음을 움켜쥐고 원망하며 한숨만 쉬다 잠이 들었다. 나는 나를 생각하는 마음이 커져 부모를 들여놓을 자리가 좁았다.

233

그러니 혼자 사는 게 날아갈 듯 가벼웠다. 내가 사는 원룸에는 챙겨야 할 고지서도 설정이 뒤죽박죽인 가전제품도 없었다. 사실 나는 어렸을 때부터 혼자 살고만 싶었다. 집안의 크고 작은 일들을 챙기기 시작한 건 내가 한글을 떼고 나서부터였다. 읽을 줄 안다는 건 무언가를 알게 되는 일이고, 무언가를 안다는 건 그만큼의 챙김이 늘어나는 일 같았다. 아니까. 모르는 부모가 아닌 아는 내가 해야지. 납득했고 설득했다.

그러니 다 커버린 서른셋의 나는 고민스러웠다. 답답한 부모를 맞대고 살아야 할 날들은 생각만으로도 갑갑했다. 하지만 더 이상 타지생활이 아닌 같은 서울 아래 살면서 노쇠한 엄마와 아빠를 제쳐둘 자신이 없었다. 그렇게 다시 부모님과 함께 살게 되었다.

엄마의 밥은 여전히 따뜻했고 아빠의 일은 예전과 다르게 뜸해졌다. 서른셋의 나는 부모님을 챙길 땐 장녀이면서도 밥을 얻어먹고 빨랫감을 내놓을 때면 막내딸 같았다. 집안일을 챙기다 나를 못 챙기는 날엔 화가 나 부모에게 버럭 짜증을 냈고, 가끔 부모님을 모시고 드라이브를 가거나 비싼 고기를 사드리는 날에는 행복해하는 엄마와 아빠의 모습을 보며 내 존재의 이유를 부풀리기도 했다. 효녀와 불효녀 사이를 넘나들며 착한 딸, 못된 딸, 그냥 딸이기도 했다.

그렇게 부모님과 같이 살며 집 안의 가전제품들은 설정이 바

234

꾸지 않았고 고지서도 밀리지 않았다. 한 달에 한두 번 몰아서 처리해야 하는 업무 같았던 그 일들은 이제 매일매일 내가 챙기는 습관이 되었다. 그리고 무엇보다 나는 더 이상 한숨 쉬며 잠들지 않게 되었다. 매일같이 반복하니 무뎌졌다. 그동안 엄마와 아빠를 생각하는 나의 마음은 많이 뾰족했다. 자꾸만 부딪히니 닳고 닳아 무뎌졌다. 무뎌진다는 건 감응은 조금 떨어지지만 괜찮아지기도 한다는 느낌이 아닐까.

그때의 엄마는 나에게 많이 미안해했고, 그때의 아빠는 나에게 자주 무안해했다. 딸에게 고지서를 내밀며, 휴대폰을 보여주며, 미안하고 무안했을 엄마와 아빠. 고지서의 내용을 인지하지 못하는 엄마의 상태와 자꾸만 사소한 것들을 부탁해야 하는 아빠의 마음은 어떤 것이었을까. 내 앞에서 자주 눈치를 봤던 부모님의 모습이 자꾸만 떠올라 난 그때의 나를 다그치고 싶다.

지금의 나는 결혼을 해 더 이상 부모와 같이 살지 않는다. 사실 평생을 같이 살 것도 아니었는데, 그깟 종이 하나 기계 하나 중요한 것이 아니었는데, 지금 생각해보니 그때의 나는 참 날카로웠다. 엄마와 아빠는 딸과 함께 살며 얼마나 따가우셨을까. 서른세 살의 나는 바늘 같은 딸이었다.

우 리 엄 마 아 빠 가

어 때 서

나의 걱정이 부모를 뻣뻣하게 만들었다

나는 결혼이 두려웠다. 새로운 일을 시작하는 것도 나에게 주
어진 일을 잘 해내는 것도 자신이 있었는데 결혼은 너무 자신이
없었다. 나는 상관이 없었는데 내 배경이 신경 쓰였다. 아나운서
라는 직업을 갖은 후로는 더 심해졌다. 내 직업을 알고 혹은 나
를 티브이에서 보고 소개팅 자리에 나온 남자와 절대 연인이 될
수 없었다. 변호사, 의사, 대기업에 다니는 남자들이 마냥 좋지만
은 않았다. 나는 아나운서인데 내 아버지는 건설현장에서 일하
신다 말하면 어떻게 생각할까? 지레 못난 맘을 먹고는 아나운서
라는 내 직업만큼까지만 마음을 열었다. 나도 나름 번듯한 직장

에 다니는데 저들도 다 완벽한 집안은 아닐 텐데 참 모지리 같았다. 편견은 내 스스로 씌웠다. 그러니 마음이 깊어지면 두려워졌다. 자연스럽게 결혼은 자꾸만 미뤄졌다.

때문에 결혼을 마음먹은 남자친구 앞에서 나는 날 서 있었다. 아직 결혼 생각이 없다며 입을 닫았다. 새하얀 드레스를 입고 아버지의 손을 잡고 버진로드를 걷는 일이 전혀 반갑지 않았다. 정말 사랑한다면 정말 나를 이해해준다면 그냥 다 건너뛰고만 싶었다. 그럴 수 있는 사람과 결혼할 수 있다 생각했다. 일을 하며 그 어떤 사람들과 마주해도 주눅 들지 않았고 수백 명의 사람들 앞에서 마이크도 잡아봤지만, 부모를 마주해야 하는 상견례와 수많은 사람들 앞에서의 결혼식이 나에게는 가장 큰 부담이었고 내지 못하는 엄두였다.

하지만 엄두보다 사랑이 커졌기에 결혼이 가까워졌다. 지금의 남편이 된 남자친구는 나와 스무 살 때부터 아르바이트를 하며 알고 지낸 오빠였고, 나의 고달픈 이십 대를 옆에서 봐준 사람이었다. 가장 큰 위안은 나를, 무엇보다 나의 배경을 잘 알고 있는 남자였다. 긴 설명이 필요하지 않은 관계는 돈독할 수밖에 없다.

처음으로 남자친구에게 부모님을 소개하는 자리. 나는 설렘보다 걱정이 앞섰다. 과연 나의 엄마와 아빠는 말을 잘할 수 있을까. 예의를 차릴 수 있을까. 아빠는 말귀를 잘 못 알아들을 텐데.

엄마는 투박한 표현들을 내뱉을 텐데. 하나부터 열까지 다 걱정이었다. 엄마와 아빠를 앉혀놓고 설명을 하기 시작했다.

"엄마 아빠. 잘 들어봐. 내일 오빠가 올 건데 처음 보면 우선 손을 내밀어서 '반가워요'라고 먼저 인사해야 돼. 아빠는 보청기 잘 끼고 내가 옆에서 오빠 말 얘기해줄 테니까 잘 듣고, 엄마는 '돈 잘 벌어요?' 이런 말 하면 안 돼. 그냥 '키도 크고 멋있네' 해주고…."

불안한 만큼 당부가 길어졌다. 엄마와 아빠는 '알았어 알았어'만 반복했다. 나는 무슨 대단한 일이라고 모의해보며 악수를 건네는 법을 연습하고 질문도 대답도 되풀이해보았다. 모의고사가 아닌 모의 인사. 참 이게 뭐라고 나는 왜 그렇게도 부모를 불안해했을까.

오빠가 집에 왔다. 문을 열고 들어오는 남자친구에게 엄마와 아빠는 벌떡 일어나 동시에 오른손을 내밀고 악수를 청하며 "반가워요"라고 인사했다. 오빠 앞에 엄마의 오른손과 아빠의 오른손이 굳은 채로 내밀어져 있었다. 당황한 남자친구는 어느 손을 먼저 잡아야 할지 몰라 엄마 아빠 손을 다 잡고 인사했다. '아빠 먼저 악수를 청하세요'라고 말하지 못한 게 생각났다. 부모님은 내가 시킨 그대로 단어 하나 틀리지 않고 똑같이 어색하게 연습한 대로 오빠를 대했다. 그걸 보고 있자니 고마운 마음과 짠한 마음이 동시에 올라왔다. 그러더니 엄마는 "키도 크고 멋있네!"

다시 한 번 연습한 대로 똑같이 어색하게 얘기했다.

엄마와 아빠도 알고 있었을 것이다. 내가 남자친구를 데려와 본인들 앞에 소개시키는 일이 중요한 행위라는 걸. 생전 처음 맞아보는 사위가 될 사람을 마주하는 기쁜 순간이지만 자꾸만 서슴거리게 되는 손짓과 표정, 말투와 행동이 신경 쓰였을 것이다. 이를 테면 너무 좋아서 어색한, 갑자기 행복해서 불안한 그런 순간 같은 것. 전날 밤 연습한 대로 반복한 대로 까먹지 않도록 되풀이해보며 그 인사를 외웠을 것이다. 내가 한 말을 새겨듣고 기억하고자 노력하셨을 것이다. 그러지 않고서야 그렇게 부자연스럽게 동시에 손을 내밀 수는 없다.

큰 고비를 넘고 있던 그 순간 나는 부모에게 면구했다. 괜한 숙제를 드린 것 같아서, 풀지도 않았는데 채점부터 한 것 같아서, 나 혼자 너무 많이 조급해한 것 같아서 많이 죄송했다. 그날 엄마와 아빠는 최선을 다해주었고 우리 가족은 모두 남자친구가 되돌아간 후 앞다투어 안도했다. 아빠는 그날 소주 한 병을 드시고 기분 좋게 잠이 드셨고, 엄마는 긴장이 풀려 하품을 하며 잠이 들었다. 잠든 부모님을 보며 처음으로 결혼 앞에 두려움보다 설렘이 커졌던 날이었다.

결혼식 날. 새하얀 드레스를 입고 아빠의 손을 잡고 신부 입장을 기다렸다. 나는 전날 밤 아빠에게 연습시키지 않았고 엄마에게 당부하지 않았다. 믿음에는 당부가 필요 없다. 믿으니까 이제 아무래도 괜찮았다. 신부 입장 전 아빠는 많이 긴장했다. 표정은 굳어 있었고 내 손을 잡은 손목은 경직되어 있었다. 연습해볼걸 그랬나 싶었지만 아무래도 괜찮았다. 딸의 결혼식에 긴장하지 않는 아빠가 어디 흔하겠는가. 신부 입장. 버진로드를 걸어 어색하게 내 손을 남편에게 건네고 쭈뼛쭈뼛 서 있었던 아빠. 하지만 오빠가 이내 아빠를 안아주었고 성공적으로 아빠는 임무를 완수했다. 당부하지 않아도 연습하지 않아도 다 잘 끝이 났다.

지금 생각해보니 내가 엄마 아빠를 연습시키지 않았다면 오히려 더 자연스럽고 다정하게 오빠를 맞이해줄 수 있지 않았을까 싶다. 내가 시키는 대로 하느라 부모님은 더 힘들었을 것이다. 나의 염려가 부모를 뻣뻣하게 만들었다. 아빠가 말귀를 잘 못 알아들었으면 어때서, 엄마가 투박하게 말했으면 좀 어때서. 신경을 쓰면 간섭이 많아지고 신뢰를 주면 의지할 수 있는데 그때는 몰랐다.

진심 어린 마음 앞에 이해받지 못할 건 없으니 이제 부모를 연습시키는 일은 다신 없을 것이다. 우리 엄마 아빠가 어때서. 다 아무렴 어때서.

임 희 정

아 나 운 서

글로 요동쳤던 나의 며칠

지난 주 목요일과 똑같은 목요일이었다. 오후 4시 라디오 방송을 끝내고 집으로 가는 길. 갑자기 지인들의 메시지가 쏟아졌다. "희정아! 너 지금 실검 1위야!" "지금 실검 너 맞아?" 휴대폰 화면에서 반복해 보였던 내 이름 석 자와 '실검'이라는 단어. 카톡의 ㄱ부터 ㅎ까지 친구, 언니, 선배, 동생들이 나에게 묻고 있었다. 갑자기 무슨 일인가 싶어 차를 세우고 포털사이트에 들어가보았다. '임희정', '임희정 아나운서'… 기사 하나를 눌러보니 내가 맞았다.

아버지의 이야기를 처음 글로 썼던 것은 2017년 겨울이었다. 어렸을 때부터 부모에 대한 글을 어린아이의 투정처럼, 사춘기 방황처럼 끄적이긴 했지만 기억을 더듬어 깊게 사유하고 단어 하나, 조사 하나를 고민해가며 제대로 된 글로 완성하기 시작한 것은 내 나이 서른넷의 겨울. 태어나 34년이 지나고 나서야 부모님을 돌아보는 늦어도 너무 늦은 딸. 서른네 번째 찬바람을 맞고서야 조금씩 정신이 드는 나였다. 사실 아나운서라는 직업을 갖게 되면서 책을 쓸 기회는 있었다. 스피치, 자기계발서, 아나운싱과 같은 책들. 하지만 이미 나보다 더 멋진 수많은 인생 선배들의 좋은 책들이 너무 많았다. 쓰는 일 앞에서 나는 나의 업과 다른 이야기를 하고 싶었다. 어느 순간 내가 가장 하고 싶은 말은 내가 차마 하지 못했던 말이었다.

'부모'라는 두 글자 앞에서 나는 자주 망설였고, 거짓했다. 미적거리고 감출 때마다 내뱉지 못한 말들이 내 안에 쌓였다. 자꾸만 쌓이고 쌓여 갑갑했다. 이걸 어떻게 해서든 꺼내지 않으면 내 부모가 부정될 것 같았다. 무엇보다 내 마음이 온전하지 않았다. 하지만 부모님의 이야기를 내놓는 일은 큰 용기가 필요했다. 나 힘들었어, 나 잘못했어, 나 괴로웠어 하는 푸념은 싫었다. 나도 내 생각에 대한 정리가 필요했고 이 감정이 무엇인지 정의가 필요했다. 왜 나는 부모님을 부끄러워했을까? 왜 나는 자주 망설였을까? 때론 묻는 것 자체만으로도 조금은 해결되는 질문들이 있다.

쓰며 정리하고 싶었다. 말을 업으로 하는 내가 글을 택했다. 글 앞에선 즉흥도 애드리브도 통하지 않았다. 흔적이 남으니까 세심하게 공들여 정리할 수 있었다. 나는 글로 내 삶을 정돈하고 싶었다. 나보다 먼저 생을 고민한 다른 작가들의 책을 찾아 열심히 밑줄을 그었다. 그중 '은유' 작가의 글이 참 좋았다. 책 속 그녀의 생각과 표현들이 기가 막혔다. 자연스럽게 작가가 하는 글쓰기 모임 수업을 찾아 들었다. 타이밍이 좋았다. 그동안 쉼 없이 달려온 매일이었다. 직장을 그만두고 프리랜서로 살고자 결심하고 스스로 돈과 일보다 '여유'를 욕심 부리자 결단했을 즈음이었다. 내 삶에 처음으로 틈이 생긴 그 시기에 나는 글쓰기로 바빠지고자 다짐했다.

10주 동안 열 권의 책을 읽고 열 편의 자전적 글을 썼다. 3주 차 수업. 가족을 주제로 글을 써야 했는데 내가 기다렸던 주제이기도 했다. 그동안 묵혀두었던 아버지의 노동에 대한 나의 생각을 큰맘 먹고 써보자 다짐했다. 그렇게 평생 첫차를 타고 출근해 50년 넘게 막노동을 했던 아버지의 이야기를 썼다.

"아버지의 노동의 역사를 딸의 시선으로 절절하게 담아낸 글입니다. 세상에는 가진 자, 배운 자뿐만이 아닌 노동자의 글도 유포

243

되어야 하는데, 노동자는 노동하느라 바빠 기록할 수가 없는데 딸이 이렇게 증언해주니 고맙습니다."

그 글에 은유 작가는 이렇게 말해주었다. 아버지의 삶이 나의 글로 조금이나마 보상받는 첫 순간이었다. 가슴이 벅찼다. 그날 노트북을 부여잡고 참 오랫동안 흐느꼈다. 내가 쓴 글을 읽고 또 읽으며 아빠 생각을 참 많이도 했다. 은유 작가는 수업 내내 '공적 글쓰기'를 강조했다. 하다못해 쓴 글을 개인 블로그에라도 올려야 한다고 그래야 글에도 책임이 생긴다고 강조했다. 내가 쓴 글을 〈오마이뉴스〉에 보내보라고 독려해주었다. 쓸 때도 큰 용기가 필요했는데 어딘가에 보내 공표할 생각을 하니 나에게는 또 한 번의 용기가 더 필요했다. 글을 송고하고 전화를 받았는데, 아버지의 이야기가 일종의 기사화되는 일이라 괜찮겠냐 묻는 전화였다. 나도 모르게 순간 멈칫했지만 "괜찮습니다" 한마디에 아빠의 삶은 글이 되었다.

그렇게 나의 공적 글쓰기가 시작되었다. 첫 계기는 과제였으나 수업이 끝난 후로도 자발적 시민기자가 되어 부모의 삶을 열심히 복기하며 써 내려갔다. 그간 생각이 차오를 때마다 끄적이고 짧게 메모했던 글들을 제대로 책상에 앉아 마음을 다잡고 숙고하고 퇴고하며 정리하고 나니 내 마음이 함께 정돈됐다. 쓰며 그간의 감정들을 수습했다.

한 편 한 편 글을 쓸 때마다 나는 몸살을 앓고, 헛구역질을 하고, 잠을 못 자고, 희읍했다. 도대체 내 몸속에 얼마나 많은 말들이 곪아 있었던 것일까. 쓸 때마다 아팠고 쓸 때마다 건강해졌다. 나는 글로 살고자 했다. 그렇게 쓰는 사람이 되었다. 아버지의 노동과 어머니의 가사노동을 기억하며 글을 썼다. '나는 막노동하는 아버지를 둔 아나운서 딸입니다.' 내가 나에게 글로 하는 선언이었다. 그런데 이 한 편의 글 때문에 내가 실시간 검색어에 올랐다니 그것도 1위라니 핵폭탄 같은 일이었다. 엄청난 카톡과 문자, 전화가 울리는데 나는 순간 황망해 그 어떤 연락도 받지도 답하지도 못했다.

정신을 차리고 보니 너무 많은 사람들이 응원을 해주고 있었다. 나의 용기가 대단하다 격려도 해주고 내 글로 위안을 받았다는 사람들, 나와 비슷한 환경에서 자라며 큰 공감을 받았다는 사람들, 앞으로도 멋진 글을 써달라는 부탁까지 모두 격한 독려였다. 하지만 나는 부모를 생각하며 쓴 글이 생각지도 못했던 관심으로 도리어 부모에게 해가 되는 것은 아닐까 걱정이 앞섰다. 쓰며 조금 더 행복해지려고 했던 마음이 욕심이었나 번민했다. 나는 순간 글로 주눅 들었다.

가장 슬펐던 것은 딸의 이름이 포털사이트에 오르락내리락했던 그때, 자신들의 이야기가 정신없이 클릭되었던 그때의 엄마와 아빠였다. 걱정스런 마음에 먼저 엄마에게 전화를 걸었다.

"엄마 뭐 해?"

"뭘 뭐 해. 그냥 있지."

나처럼 지난주 목요일과 똑같이 시작됐을 엄마의 목요일. 여전히 그냥 있는 목요일이었다. 나는 너무나 그냥이었던 엄마의 목소리에 안심과 동시에 눈물이 차올라 얼른 꿀꺽 삼키고 아빠를 물었다.

"아빠는?"

"아빠 일 나갔어. 일 나간 지 한 이틀 됐어. 건물 작은 거 뭐 하나 한대."

세상 사람들이 한창 딸의 이름을 클릭하고 얘기하고 있었던 그때, 정작 나의 아버지와 어머니만 속세에서 배제된 채 엄마는 가만히 그리고 아빠는 공사현장에서 눈을 맞으며 어제와 똑같은 노동을 하고 있었다. 나는 요동쳤지만 엄마는 부동했고 아빠는 노동했다. 실시간 검색어가 무엇인지 알지 못하고 또 기사를 보고 전화해줄 만한 사람도 잘 없다. 행여 누군가 물어왔다 해도 무슨 말인지 모르고, 포털에 오른다는 것이 어떤 건지 모르고, 그냥 웃어넘겼을 부모님. 난 참 다행이면서도 그 사실이 슬퍼 출근길 차를 돌려 엄마의 그냥을 아빠의 노동을 꼭 안아드리고 싶었다.

반짝 같은 며칠이었다. 어찌 됐건 내가 나의 부모의 이야기를 더 열심히 써야 할 이유가 분명해졌다. 글이 가진 힘을, 연대를,

희망을 보았다. 가장 큰 공감과 위로는 그저 뻔한 대답이 아닌 자전적 담론임을, '나는 그랬다'고 꺼낸 한마디가 '나도 그랬는데'로 돌아오는 선순환임을 잘 안다. 너무 깊어 꺼내기 힘들었지만 팔을 뻗어 어딘가에 내놓았을 때, 박수 쳐주고 독려해주는 독자들이 있다는 것을 알기에 나는 오늘도 열심히 부모님의 이야기를 쓴다.

위로는 다른 것이 아니었다. 나를 키워낸 부모의 생, 그 자체가 위안이었다.

둥글고 환한
보름달이 떴다

"괜찮아! 암시롱 안 해!" 엄마의 위로 덕분에

　며칠의 요동이 지나간 후. 나는 전과 같이 부모를 쓰고 여전히 글 앞에서 망설인다. 달라진 것은 아무것도 없다. 어김없이 쓰고 쓰는 날들. 그날을 복기하며 엄마에게 전화를 걸어 그 이야기를 자세히 그리고 엄마가 이해할 수 있게 설명해드렸다.

"엄마. 잘 들어봐! 내가 엄마 아빠 이야기 글로 쓰고 있다고 얘기했었잖아."

"응. 근데."

"근데 최근에 일이 좀 있었어."

"무슨 일!"

"내가 엄마 아빠 얘기를 썼는데 그게 기사가 났어."

"기사가 뭐야."

"응. 뉴스. 뉴스 알지? 엄마 티브이로 뉴스 보잖아. 그런 뉴스가 났어."

"그래서."

"그런데 사람들이 인터넷으로 아니 컴퓨터로, 엄마 컴퓨터 있잖아. 그걸로 내 뉴스를 많이 많이 본 거야."

"콤퓨타로 보는 거?"

"응. 그래서 사람들이 엄마 아빠 이야기를 많이 봤어. 아빠가 여태까지 힘들게 막노동하면서 나 키워주고, 엄마가 나 뒷바라지 해주면서 잘 키워줬잖아. 그 이야기를 글로 썼거든. 그걸 사람들이 많이 아주 많이 봐줬어. 그래서 책으로 잘 만들어보려고…."

"그래서 또 딴디 들어갈라고?"

"아니 아니. 회사 그만둔다는 게 아니고 책 잘 만든다고."

"그래. 근데 내일 보름인데 우리 딸 찰밥 멕여야 되는데 가까이 있음 갔다줄 것인데."

"응? 아… 응. 괜찮아 엄마. 엄마 많이 먹어. 아빠랑."

"찰밥을 먹어야 되는데…."

"응 엄마. 그리고 나 앞으로도 계속 엄마 아빠 얘기 써도 돼? 나중에 책 낼 때 엄마랑 아빠랑 나랑 셋이 찍은 사진 그거 올려도 돼?"

"우리 같이 찍은 거?"

"응. 책에 올려도 다른 사람들이 많이 봐도 괜찮아?"

"괜찮아! 암시롱 안 해! 올려!"

"응. 알겠어 엄마. 찰밥 남겨놔. 다음에 먹으러 갈게!"

"싫어. 내가 다 먹을 거야!"

"알겠어. 그럼 엄마가 내 것까지 다 먹어. 아빠한테도 내가 한 말 엄마가 얘기 잘 해줘. 찰밥 맛있게 드세요!"

"응."

2019년 2월 18일 월요일. 퇴근길 엄마와의 통화. 다음날이 정월 대보름이었고 집으로 돌아가는 길 차장 밖에는 이미 둥글고 환한 보름달이 내 앞에 하루 일찍 떠 있었다. 엄마는 여전히 그리고 어김없이 딸의 밥이 가장 중요했다.

암시롱 안 해! 이 한마디는 나에게 크기를 가늠할 수 없는 엄청난 위로였다. 자신들의 직업이, 삶이 전혀 부끄럽지 않았다는 증명이었다. 엄마와 아빠는 내가 글을 쓰는 것이 자신들의 이야기를 쓰는 것이 암시롱 안 한다. 엄마는 딸을 위해 사는 것이 암시롱 안 하고, 아빠는 딸을 위해 자기가 고생하는 것이 암시롱 안 한다. 그리고 나는 부모에게 그 어떤 것을 해도 암시롱 안 한 존재다.

"암시롱 안 해!" 내가 가끔 부모 생각에 마음이 어두워질 때 곱

씹어야 하는 말, 글을 쓰다 부모의 기억 앞에 슬퍼질 때 새겨야 하는 말, 내가 나를 생각할 때 다짐해야 하는 말이다.

아빠! 엄마! 저도 다 암시롱 안 해요!

"암시롱 안 해! 올려!"

2013년 6월 30일.

나는 좀 더 어렸고, 엄마와 아빠는 좀 더 젊었다.

우린 이 순간 좀 더 행복했다.

"이것도 암시롱 안 해! 올려!"

2019년 6월 30일.

나는 쓰는 사람이 되었고, 엄마와 아빠는 좀 더 활짝 웃는다.

나는 이 순간을 기록하고, 부모는 이 순간을 기억한다.

우리가 또 행복해진 순간이었다.

다 괜찮아져야 한다

은연중에 스며 있는 인식에 대하여

내가 잘 기억하지 못하는 아주 어렸을 적. 그러니까 내 나이가 한 자리 수였을 때 나는 부모가 절대적인 존재였다. 나에게 밥을 주고, 옷을 입혀주고, 어디를 가거나 무언가를 할 때도, 나를 안고 내 손을 잡고 모든 것을 함께해주는 부모는 그 자체만으로도 충만했다. 유치원 소풍날 엄마가 나를 위해 싸준 도시락과 친구들의 도시락을 함께 펼쳐놓고 다 같이 맛있게 먹었고, 재롱잔치날 날 보러 와준 엄마와 함께 온 친구들의 엄마는 똑같이 행복한 엄마였다.

시간이 지나고 초등학생이 된 후. 그러니까 내 나이가 처음 두 자리 수가 되었을 때 나는 점점 부모가 상대적인 존재임을 느끼게 되었다. 나에게 해주는 밥과 입혀주는 옷, 데리고 가는 곳들이 친구들의 것과 다르다는 것을 조금씩 알게 되었다. 친구의 생일 파티 날. 예쁜 가구들로 꾸며진 친구의 방과 넓은 거실에 차려져 있던 생일상이 너무나 낯설었다. 나는 없고 친구들은 있는게 많았다. 하지만 그것이 슬프지는 않았다. 조금 질투가 났을뿐. 우리 아빠와 친구들의 아빠는 여전히 그리고 똑같이 든든한아빠였다.

조금 더 자라 교복을 입는 학생이 됐을 때 나에게 부모는 미운존재가 되었다. 내가 해달라는 것과 사달라는 것을 해줄 수 없다는 것을 인지했다. 나는 하고 싶은 것도 많고 꿈도 높아져 가는데, 부모님은 점점 할 수 있는 것이 줄고 겉모습도 낮아졌다. 하지만 그것이 좌절은 아니었다. 오히려 동기가 되었다. 성공해야지. 돈도 많이 벌어야지. 빨리 어른이 되어야지. 다만 그때부터점점 우리 부모님과 친구들의 부모님은 같아 보이지 않았다.

나이를 먹고 사회생활을 시작했을 때 나는 부모를 감추는 존재가 되었다. 곳곳에서 부와 학벌의 대물림을 마주했다. 내가 다니는 대학교와 직장에는 나와 비슷한 환경의 친구나 동기들은 잘 없어 보였다. 가로로 된 사회에서 세로로 뛰어오른 나는, 내가 만나는 사람들과 소속되어 있는 조직 속에서 동떨어져 있는 기분이 자주 들었다. 다시 애써 옆으로 넓히려 거짓말도 하고 꾸미기도 하고 감추기도 했다. 자발적 배경세탁. 모두가 '예스'라고 할 때 '노'라고 대답하는 건 용기라 했던가. 나는 드러내는 용기보다 숨기는 비겁을 선택했다.

　부모를 알게 될수록 어른이 되고 사회생활을 할수록 나는 왜 괴리감을 느껴야 했을까? 생각해보면 내 주변에는 나의 부모와 비슷한 배경이 잘 없었기 때문이었다. 나는 애써 이만큼 올라왔지만 부모는 애를 써도 크게 달라지지 않았다. 그 애씀이 부족한 것이었을까? 아니다. 시대가 달랐고 애써도 오르기 어려웠던 구조적이고 현실적인 이유들도 있었다. 하지만 어떤 이의 부모는 원래가 이만큼이 있었고, 따라서 그 자식들은 애쓰지 않아도 그만큼의 기본 옵션이 주어졌다. 때론 내가 힘써 쟁취한 것들은 누군가의 태생적 옵션이 되기도 한다. 그렇다고 해서 그걸 탓하는 것은 아니다. 누구나 다 다른 배경을 지니기 마련이니까.

　우리는 다름을 인정하지 않을 때 틀린 것이라 단정 짓는다. 가진 자가 못 가진 자에게 무조건 왜 없냐 나무랄 이유도, 배운 자가 못 배운 자에게 무턱대고 왜 모르냐 지적할 명분도 없는 것이다. '다름'과 '틀림'은 틀린 것이 아니라 다른 것이다.

문제는 인식이다. 삶을 헤쳐나가 성취하고 잘 자란 자녀들이 왜 본인의 목표를 실현하고도 사회 속에서 괴리감을 느껴야 했고, 느낄 수밖에 없었는지. 자본과 학벌의 영역에서 한 계단 한 계단 세로로 올라온 자식들이 왜 성취감이 아닌 박탈감을 느껴야 했는지. 누군가의 잘못이라기보다 은연중에 스며 있는 가로로 된 그 인식에 대한, 인식을 바꾸기 위한 이야기들이 쓰여져야 하고 말해져야 한다는 생각이 든다. 올바르게 바로잡기 위해서. 세상 속 가로와 세로를 없애기 위해서. 이야기가 다양할수록 생각도 여러 가지가 될 수 있다. 경우의 수가 한 가지일 때 우리는 독단하고, 여러 가지일 때 우리는 고려한다.

노동자의 자식은 아나운서가 될 수도, 의사, 변호사, 공무원, 회사원이 될 수도 그리고 노동자가 될 수도 있다. 부와 학벌은 대물림될 수도, 되지 않을 수도 있는 것이다. 선택에 의해서, 각자의 생각에 의해서, 연유에 의해서. 하지만 적어도 가난과 무지는 대물림되지 않을 수 있는 기회와 사회가 만들어져야 한다. 태생적 옵션에 따라 누군가 올라가기 더 어려운 상황들이 있다면 사다리도 놔주고 계단도 만들 수 있도록 함께 고민해야 한다. 포기는 올라갈 수 없을 때, 달라지지 않을 때, 나아지지 않을 것 같을 때 더 빨리 찾아온다. 무엇보다 서로가 서로를 바라보는 인식이 넓어져야 한다. 우리 모두는 그 모든 결정과 결과들을 넓게 받아들여야 하고 다 같이 이해해야 한다. 궁극적으로는 뭉뚱그리는 말 같지만 다 괜찮아져야 한다.

너의 젊음이 너의 노력으로 얻은 상이 아니듯, 나의 늙음도 나의 잘못으로 받은 벌이 아니라 하지 않았던가. 나는 나의 성취는 나의 노력으로 얻은 상이 될 수 있고, 부모의 가난은 부모의 잘못으로 받은 벌이 절대 아니라 말하고 싶다.

아 빠 의 직 업 이
부 끄 러 웠 습 니 다

아빠의 노동을 부끄러워했던 딸의 참회록

나는 오랫동안 아빠의 직업을 부끄러워하며 살았다. 아빠는
그저 평생 누구보다 성실히 노동을 했을 뿐인데 못난 딸은 그 노
동을 창피해하며 자랐다. 사람들은 그 노동 앞에 '막'이라는 단
어를 붙여 불렀다. 막노동. 나는 그 단어가 너무 싫었다. 아빠는
노동을 막하지 않았는데, 하루하루 목숨을 걸고 하셨는데, 왜 그
일은 막노동이라 불리는지 도저히 이해할 수 없었다.
　취업준비생 시절 수백 장의 이력서를 쓰며 나는 자기소개서의
수십 줄을 채우는 것보다 가족 관계란의 아빠의 직업 한 칸을 채
우는 일이 가장 어려웠다. 뭐라고 써야 할까? 일용직, 노동자, 막

노동, 막일, 아빠의 일을 형용하는 그 단어들을 나는 차마 쓰지 못했다.

망설여지는 고민들과 부끄러워했던 못난 생각 사이, 아빠의 직업은 그냥 회사원으로 써질 때도, 건설사 대표로 둔갑될 때도, 또 어떤 날은 자영업이라 채워진 날도 있었다. 이력서를 쓸 때마다 나는 그 네모 칸을 도려내 휴지통에 버리고 싶었다.

초등학교 때 부모님 직장체험 시간이 있었다. 아빠 직장에 찾아가 하루 경험을 하고 사진도 찍고 글로 써서 느낀 점을 발표해야 하는 체험 숙제였다. 그 숙제를 받고 나는 한참을 망설이다 결국 친구에게 부탁해 아빠를 대신해 은행에 다니셨던 친구 아빠의 직장에 찾아가 숙제를 마쳤다. 다음날 숙제 발표시간 선생님이 나를 시키면 어떡하나 조마조마했다. 왜 아빠 직장에 가지 않았냐 물어보면 뭐라고 해야 하나 가슴 졸였다. 숙제를 하고도 숙제를 하지 않은 아이처럼 주눅 들어 있었다. 그때의 나는 초등학교 3학년. 열 살의 어린 나이에도 막노동이라 불렸던 아빠의 직업이 다른 아빠들과 무언가 다르다 인지했나 보다. 아빠는 지금까지도 모른다. 나에게 그런 과제가 있었는지를. 내가 그 숙제를 어떻게 했는지를. 설령 내가 그때 말씀드렸다 해도 아빠의 직장에 갈 수는 없었을 것이다. 나는 알았다. 아빠는 직장이 아닌 현장으로 출근하는 사람이었다. 새벽 첫차를 타고 공사장에 나가 배당을 기다리고, 연장과 자재를 이고 지고 계단을 오르내려야 했을 그 일을, 어린 딸도 아빠도 체험으로라도 함께할 수는 없었을 것이다.

그 현장은 하루일 때도 일주일일 때도 몇 달일 때도 있었기에 50년을 넘게 일했지만 아빠는 회사 주소도, 내선 전화도, 명함도 없는 사람이었다. 아빠가 직장으로 출근했다면 나는 그 회사로 가 숙제도 하고, 아빠 내선 번호로 전화를 걸어 통화도 하고, 아빠의 네모반듯한 명함도 만져볼 수 있었을까. 내가 아빠를 부끄러워했던 건 아빠가 회사원이, 건설사 대표가, 사장님이 아니어서가 아니라, 긴 경력을 유일한 직업을 그 노동을 감추었던 지난 시간들 때문이다. 참회와 반성이 참 많이도 늦었다. 행여 누군가 아빠의 직업을 물어올까, 묻는다면 뭐라 대답해야 할까 망설였던 낯없던 시간들. 창피한 건 아빠의 직업이 아니라 바로 나였다.

그래서 나는 아빠의 노동을 글로 쓴다. 50년 치 밀려 있던 인정과 존중을 늦게나마 채우기 위해서 아빠의 일을 그리고 삶을 기록한다. 나의 글은 아빠의 이력서가 된다. 먼저 이십 대에 도려냈던 아빠의 직업란을 다시 붙여 꾹꾹 눌러 적는다. 건설노동자. 그리고 다음 페이지에는 아빠의 노동과 삶을 아빠를 대신해 깊게 써 내려간다. 자기소개서가 아닌 아빠소개서. 그렇게 아버

261

지의 생을 더듬어 기록한다. 그리고 이력서와 자기소개서 작성이 완성되면 나는 여기저기 잘 내놓아볼 것이다. 우리 아버지의 위대한 삶이, 대단한 생이 인정받을 수 있도록.

그것이 내가 아빠의 평생 직업인 막노동 앞에 붙은 '막'이라는 한 글자를 지울 수 있는 방법이다. 나는 앞으로 오랫동안 아빠의 직업을 자랑스러워하며 살아갈 것이다.

한 경계를 지났다.

꽃이 피었다.

돌이켜보면 나를 포장하는 건 아무래도 쉬웠다. 드러내는 것이 어려웠지. 있는 척, 잘난 척, 고매한 척, 아무렴 간단했다. 입고 있는 옷으로, 말로, 표정으로 할 수 있었다. 옷은 사면 됐고, 말은 그럴듯하게 내뱉으면 됐고, 표정은 의식해 지으면 되었다. 한때 내가 나를 지어내며 그것이 나인 것처럼 가식했던 시간들이 있었다. 하지만 예쁘게 포장할수록 속은 비었다. 계속 계속 포장지만 덧대어지는 나는, 꽁꽁 쌓여 안에 들어 있던 내용물을 꺼내기가 점점 힘들었다. 웃고 떠들고 겉마음은 잘 드러냈지만, 아프고 침묵하고 속마음은 감추었다. 물건이 아닌 마음 포장. 나는 나의 포장이 거추장스러웠다.

나에게는 사정이 있었고, 처지가 있었고, 곡절이 있었다. 많이 그리고 가득, 마음 깊은 곳에 있었다. 말도 잘하고, 웃기도 잘 웃고, 세상 긍정적인 나였지만 그렇게 밝으면서도 항상 한쪽 모퉁이는 침울한 감정을 옅게 품고 있었다. 다른 이들을 향한 응원과 긍정에는 관대했지만 나를 위한 독려와 믿음에는 인색했다. 성격상 좋고 즐거운 일은 잘 나누었고, 힘들고 슬픈 일은 혼자 감당했다. 내가 봐도 그 성격은 참 미련하고 답답했다. 그렇게 점점 내가 내 굴 속으로 파고들었다.

가장 큰 원인은 배경이었다. 때때로 누군가는 나를 알면 내 배경도 함께 알고 싶어 했는데 나는 그게 참 부담스러웠다. 내가 어찌할 수 있는 영역에 대해서는 감당할 수 있고 극복할 수 있지만, 어찌할 수 없는 영역에 대해서는 기운이 빠졌다. 아 어쩌란 말인가. 내가 정말 어쩔 수 없는 것인데 어쩌란 말인가. 근데 한 번씩 사람들은 그 영역을 건드렸다. 가끔씩 축 가라앉았다.

입사 면접에서의 압박 질문도, 나를 물어오는 어떠한 물음도 나는 당황하지 않고 잘 대답했다. '나'에 대해 묻는 거니까 준비해 답할 수 있었다. 그런데 나의 아버지, 나의 어머니를 궁금해하는 질문 앞에서는 심문처럼 느껴졌다. 변명을 찾기에 급급했고 둘러대기에 바빴다. 허둥지둥 맥락이 없는 대답은 허공에 날려 흩어졌다. 부정不正할 수 없는 부정父情이고 모의模擬할 수 없는 모성母性인데, 그 정과 본능 앞에서 나는 많이 나약했다.

고백하건대 나는 참 미약한 자식이었다. 나는 어째서 내 부모를 내 사정이라 생각하고, 내 부모의 배경이 나의 배경의 전부인 것처럼 협소했나. 부모에 대해 어떤 이가 묻고, 누군가가 재단하면 나는 불안해했다. 올바로 대답하지 못했고, 힘주어 바로잡지 못했다. 과거의 나도 잘못된 인식에 어느 정도는 동조했으니까. 나는 그때 나의 동의가 부끄럽다.

'모든 경계에는 꽃이 핀다'는 함민복 시인의 시구를 떠올린다. 나는 과연 그 경계를 지났나. 나는 내 삶을, 생각을, 마음을, 올바르게 구분 지었나. 적어도 이제 조금은 그렇다고 대답할 수 있을 것 같다. 쓰며 정리했고 읽으며 인정했다. 그리고 지금의 나는 스위치 전환을 할 줄 아는 어른이 아니던가. 뭘 끄고 뭘 켜야 하는지는 구분할 줄 알게 되었다. 과거에 내가 가졌던 잘못된 생각들, 나조차 부끄러워했던 인식에 대한 물음 앞에서 반성한다. 그래서 나는 글로 나를 설명하고 말로 나를 증명하고자 한다.

제일 예쁜 포장은 내용물이 잘 보이게 최소한의 장식으로 드러내는 것이 아닐까. 내가 누군가를 마주하고 관계 맺을 때 상대방에게 잘 보이고 싶은 마음과 있는 그대로를 보이고 싶은 마음은 동시에 들기도 한다. 멋지게 꾸미고 싶기도 진솔하게 대화하고 싶기도 하니까. 선택은 나의 몫. 상대에 따라 상황에 따라, 잘 끄고 잘 켜면 된다. 중요한 것은 거짓과 거추장스런 포장을 하지 않는 것이고, 드러낸 마음과 생각들을 서로 인정하고 존중해주는 것이다.

솔직하게 드러내는 삶. 마음을 보여주는 관계. 나를 해체하기. 쉽지 않지만 앞으로의 연분들 속에서는 그렇게 마주하고 싶다. 내 안의 한 경계를 잘 지나고 나면 꽃이 핀다고 믿으니까. 나는 쓰고 말하며 피어날 것이다.